Liebe hoch fünf

Adriana Popescu · Katrin Koppold
Ivonne Keller · Katelyn Faith · Nikola Hotel

Liebe hoch 5

1. Auflage 2013
Vollständige Taschenbuchausgabe
Dieser Titel ist auch als E-Book erschienen.

Cover-Gestaltung: ad. Grafik Design
www.annadavis.de
Cover-Bild: © gubh83 (Fotolia)
Satz: Nikola Hotel

ISBN-13: 978-1494224684

Inhalt

Vorwort

Liebe hat viele Facetten. Sie kommt mit Humor oder Drama, mit dem gewissen Prickeln oder mit heiterer Hoffnung daher. So wie diese fünf sehr unterschiedlichen Liebesgeschichten, die wir für euch geschrieben haben.

Wir wünschen gute Unterhaltung!

Die Autorinnen

Adriana Popescu

Polar-Express

»Hannah, das kannst du nicht machen!«
Erneut drücke ich auf die Klingel neben dem Namensschild *Schwarzbeck/Polar* und hoffe, dass sie diesmal nachgibt. Von mir aus darf sie sauer sein. Genervt. Ja sogar wütend – aber sie soll endlich diese verdammte Tür öffnen!

»HANNAH!«

Dauerklingeln, wie früher, als man im Kindesalter die Nachbarn nerven wollte. Aber irgendwann erstirbt das Klingeln. Mist! Sie hat sie ausgeschaltet. Vor zwei Wochen hatte sie ganz unauffällig gefragt, wo man noch mal die Klingel ausschalten könnte … Und ich Idiot habe es ihr selbstverständlich gezeigt. Das Handy hat sie natürlich auch schon längst ausgeschaltet. Ach was, vermutlich hat sie sich letzte Woche eine neue Nummer zukommen lassen. Jetzt stehe ich vor unserer Haustür, zu der mein Schlüssel nicht mehr passt, und drücke auf die Klingel neben dem Schild mit unseren Namen – und es passiert nichts. Meine Freundin geht nicht an ihr Handy und hat mich auf eine sehr uncharmante Weise vor die Tür gesetzt.

Neben mir stehen drei Kartons, meine Sporttasche, mein Kulturbeutel, mein Plattenspieler, die Ski-Schuhe und mein Surfbrett. Mit anderen Worten: alles, was mir gehört. Nur unseren Kater – also meinen Kater – den sehe ich nicht. Natürlich nicht. Oscar will sie behalten. Oscar, der mich sowieso nicht gemocht und immer in meine Schuhe gepinkelt hat.

Es ist der 24. Dezember, ich trage ein Weihnachtsmannkostüm und meine Freundin hat sich nicht nur von mir getrennt, sondern sie hat mich regelrecht aus ihrem Leben geschnitten. Einfach so. Und ob ihr das jetzt glauben wollt oder nicht, das war noch nicht das Schlimmste, was mir heute schon passiert ist. Aber dazu später.

»Ja, hallo Hannah, ich bin es noch mal. Ben. Ich wollte nur sagen …«

Was genau will ich ihr noch mal sagen? Dass sie mich bitte zurück in die Wohnung lassen soll und mir eine zweite – okay, vierte! – Chance geben soll? Das könnte ich versuchen, aber es würde nicht ehrlich klingen. Nein, so richtig böse bin ich ihr nicht. Klar, ich hätte auch noch zwei Monate (oder so) mit ihr in der Wohnung leben können. Vermutlich sogar zwei Jahre. Aber eine kleine Warnung wäre eine nette Geste gewesen. Vor allem nach einer so langen Zeit. Drei Jahre war Hannah jetzt die Frau an meiner Seite. Da könnte man doch eine SMS erwarten. Sowas wie: »Ben, es geht nicht mehr.« Oder: »Ben, du hast 2 Tage, um auszuziehen.« Aber was will ich ihr nun sagen?

» … dass du ein herzloses Miststück bist! An Weihnachten! Das ist echt zum Kotzen!«

Damit beende ich etwas aufgebracht meinen Spruch auf ihrer Mailbox und hieve den nächsten Karton in den Kofferraum des Mitsubishi L300, meines geliebten Kleintransporters und Traumwagens. Ein Glück haben wir dieses Jahr keine weißen Weihnachten, das hätte mir nun wirklich noch gefehlt. Die fast schon frühlingshaften Temperaturen lassen mich unter dem Polyester-kostüm schwitzen. Außerdem kratzt der Rauschebart, den ich ebenfalls noch immer trage. Scheiß Weihnachten! Das steht auch jetzt schon fest.

»Schau mal, Mama! Frag doch den Weihnachtsmann!«

Eine Kinderstimme ertönt irgendwo hinter mir auf der Straße und reflexartig ziehe ich den Bart wieder in eine ordentliche Position. Als ob das noch irgendwas retten würde. Ich bin kein guter Weihnachtsmann und die meisten Kinder haben das sofort entdeckt. Leider.

»Lara, das ist kein echter Weihnachtsmann.«

Okay, vielleicht erkennen es auch nur die Mütter. Ein bisschen fühle ich mich in meinem Stolz verletzt und drehe mich langsam um. Der dicke Stoffbauch lässt mich älter wirken als ich bin, und auch wenn ich mit meiner Interpretation von Santa keinen Oscar gewinnen werde, lege ich mich ins Zeug.

»Ho-ho-ho, wer wird denn gleich sowas sagen?«

Ich nenne es meine »Ho-ho-ho-Stimme« und zeige ein Lächeln, irgendwo unter diesem Ungetüm von einem Kunstbart, der den Großteil meines Gesichts verdeckt. Eine junge Frau steht mit ihrer kleinen Tochter an der Hand vor mir und sieht mich skeptisch an. Klar. Wir beide wissen, ich bin nicht Santa. Aber müssen wir der Tochter den Weihnachtsspaß ruinieren, nur weil wir einen miesen Tag hatten?

»Frag ihn, Mama!«

Das kleine Mädchen, vielleicht sechs Jahre, sieht ihre Mutter aus großen blauen Augen an und lächelt. Ihr fehlen zwei Zähne oben, so wie bei Felix auch.

»Lara, der Mann ist nicht …«

»Frag ihn!«

Wer kann Kinderaugen schon widerstehen? Und so dreht sich die junge Frau zu mir und sieht mich an. Alles in ihrem Blick verrät, was sie wirklich über mich denkt. Ein Kerl, der im Weihnachtsmannkostüm einen Mitsubishi-Bus einräumt und bemüht lässig an seinem Surfbrett lehnt. Zu viele Details untergraben die Authentizität meines Auftritts.

»Lieber Weihnachtsmann … könntest du … das ist doch bescheuert!«

Oha. Sie scheint wirklich keinen besonders guten Tag zu haben. Lange braune Haare, braune Augen und ein zierliches Gesicht, das etwas übermüdet aussieht. Die Kleine zupft an ihrem Ärmel, will sie offenbar motivieren. Diese Situation ist etwas schräg – um es untertrieben auszudrücken. Eigentlich könnte es mir auch egal sein, was diese Frau für ein Problem hat, und wieso sie mich so ansieht, wie sie mich ansieht. Aber das kleine Mädchen, Lara, sieht mich aus ihren Knopfaugen an. Dabei scheint sie von mir so etwas wie die allgemeingültige Antwort auf die Frage nach dem Ursprung des Universums zu erwarten.

»Kannst du machen, dass Papa da ist?«

Wenn Kinder solche Fragen stellen, dann weiß man sofort: Irgendwas ist da wohl im Familiengeflecht nicht so ganz okay. Mama hat braune Augen, Lara blaue. Ergo: Papa hat blaue Augen und Papa ist nicht da. Autounfall? Krankheit? Tod? Zu viele Daily-Soap-taugliche Schicksalsschläge zischen durch mein Gehirn, vermutlich verliere ich irgendwann an diesem Abend meinen Verstand. Es ist nicht die Frage an sich, es ist die Menge an Hoffnung, die Lara in die Frage steckt. Noch ein Kind, das ich heute enttäuschen werde. Langsam gehe ich vor ihr in die Hocke.

»Wo ist der Papa denn?«

»Der ist einfach nicht gekommen.«

Und dann kullert eine Träne über ihre Wange und ich hasse mein Kostüm. Würde ich es nicht noch immer tragen, wären diese beiden einfach an mir vorbeigegangen. Aber jetzt habe ich eine wütende Mutter und ein weinendes Kind hier. Dabei bin ich gerade vor die Tür gesetzt worden!

»Dabei hat er es versprochen.«

Ja. So ist das manchmal. Vatersein ist nicht immer leicht. Er hatte bestimmt seine Gründe, die ein kleines Mädchen nur noch nicht verstehen kann. So ist das doch immer. Aber ein Blick nach oben zu der Mutter, die ebenfalls mit den Tränen kämpft, scheint ein anderes Bild zu zeichnen. Ich stehe wieder auf und sehe sie an.

»Wo ist er denn?«

Als ob das etwas ändern würde. Oder mich auch nur im Geringsten etwas angehen würde.

»Er ist in Stuttgart. Hat den Zug wohl verpasst …«

Das ist die Version, die der Tochter erzählt werden soll, denn sie verdreht dabei die Augen. Offenbar scheint er nicht der zuverlässigste Vater zu sein. Ich nicke, als würde ich verstehen. Dabei verstehe ich gar nichts. Ich verstehe nicht, wieso Hannah die Notbremse gezogen hat, ich verstehe nicht, wieso ich noch immer dieses Kostüm trage – nach all dem Drama – und ich verstehe nicht, wieso mich die Geschichte dieser Frau interessiert.

»Das tut mir sehr leid.«

Es ist ernst gemeint, klingt aber irgendwie wie eine Floskel, die man in so einer Situation eben so sagt.

»Klar. Komm, Lara, lass uns gehen.«

»Warte!«

Spätestens jetzt muss ich wie ein gestörter Triebtäter wirken. Aber wenn das Weihnachtsfest der kleinen Lara schon vermiest wurde, dann hat sie doch zumindest ein Trostpflaster verdient. Irgendwo in meinem Bus liegt noch der Sack mit den Geschenken für die Kinder: billige Stofftiere, die beim letzten Jahrmarkt keinen Abnehmer gefunden haben und Spielzeugautos, bei denen sich mindestens ein Rad nicht mehr bewegen lässt. Ich greife ins Innere und ziehe einen hellblauen Plüschhasen hervor. Ein Hase zu Weihnachten. Naja …

»Hier, für dich. Ist nicht der Papa, aber ein kleines Geschenk. Frohe Weihnachten!«

Etwas unsicher sehe ich zwischen Mutter und Tochter hin und her. Das ist eine mehr als alberne Geste. Und der Hase ist vermutlich in einer nicht angemeldeten pakistanischen Fabrik aus gesundheitsschädlichen Stoffen hergestellt worden.

Nachdem die junge Frau nickt, nimmt Lara den Hasen und schenkt mir ein schüchternes Lächeln. Mehr kann ich leider nicht für die beiden tun. Auch wenn ich es gerne würde.

»Danke.«

»Nicht dafür.«

Während sie die Straße entlang weitergehen, räume ich den nächsten Karton in den Bus und frage mich, was Felix sich wohl zu Weihnachten wünscht. Und ob ich in diesen Wünschen auch nur die geringste Rolle spiele.

»Hey Axel! Lange nicht mehr gehört … ja also … Nee, klar … Ach … Amsterdam, ja? Cool! … Aha. Aha. … Hm. … Ja. Nee, wollte nur frohe Weihnachten wünschen. … Ja. Ciao.«

»Hannes, alte Hütte! Na, was macht das Leben? … Ja … cool … Du sag mal, könnte ich vielleicht ein paar Tage bei dir pennen? … Jaja. Bin ausgezogen … Aha … Hm. Klar … Nein, kein Ding!«

»Servus Marcel, mein Bester! Hör mal, frohe Weihnachten und so. Kann ich bei dir pennen? … Ach so … Klar … Grüße an alle.«

»Hannah, es ist echt frisch und ich habe keinen, bei dem ich pennen kann. Kann ich vielleicht erst nach den Feiertagen ausziehen? Ich entschuldige mich auch für die letzte Nachricht auf deiner Mailbox. Also ich erwarte deinen Rückruf, ja?«

Soviel dazu. Ich habe also jetzt keinen Schlafplatz, keine Freundin, keinen Kater. Würde sagen: es läuft! Also mache ich das, was alle Menschen an Weihnachten tun: sich ein Festmahl gönnen. In meinem Fall ist das eine Currywurst an der Tankstelle, denn die meisten anderen Läden haben geschlossen. Nur der arme Tankwart und ich stehen zusammen an diesem Feiertag hier. Würde ja gerne behaupten, das schweißt uns zusammen oder es ist der Beginn einer lebenslangen Freundschaft – aber als ich die Soße auf den Fußboden kleckere, bekomme ich dafür einen ordentlichen Anschiss. Somit ist das schon der zweite Mensch, der mich an Weihnachten nicht bei sich haben will. Trotzdem versuche ich das Beste aus der Situation zu machen.

»Sie wären jetzt auch sicher lieber woanders, oder?«

»Hm.«

Er antwortet knurrend und ich kaue erst mal ein weiteres Stück Wurst klein, bevor ich es noch mal versuche.

»Sie fragen sich bestimmt, wieso ich ein Weihnachtsmannkostüm trage, oder?«

»Nee.«

Okay. Sowas nennt man also Kurbelkommunikation. Ich kurbele wie verrückt und trotzdem kommt kein Gespräch zustande. Dabei hat man mir mal bescheinigt, dass Small Talk zu meinen absoluten Stärken zählen würde.

»Also, ich habe heute im Einkaufszentrum kleinen Menschen Weihnachtswünsche erfüllt.«

»Kleinen Menschen oder Kindern?«

Oh je, einer von der Sorte! Okay, vielleicht war meine Wortwahl nicht besonders gelungen, aber kann er sich denn nicht denken, was ich meine?

»Kindern.«

»Wieso sagen Sie dann nicht Kinder, sondern kleine Menschen? Das könnten nämlich auch Zwerge oder Liliputaner oder Kleinwüchsige sein. Sie wissen schon, diese Menschen, die man immer bei RTL in diesen Schicksalssendungen sieht.«

»Ich meine aber Kinder.«

»Sie haben aber nicht Kinder gesagt!«

»Ich wollte es bedeutungsschwanger klingen lassen.«

»Ist Ihnen aber nicht gelungen.«

»Das merke ich.«

»Wenn Sie als Weihnachtsmann genauso beschissen sind wie als Erzähler von langweiligen Geschichten, dann haben Sie keine Kinder glücklich gemacht. Oder?«

Nein, das habe ich vermutlich nicht. Zwei Kinder haben angefangen zu weinen, eines hat mich getreten – und das Kind, auf das es ankam, wollte gar nicht zu mir. Also zum Weihnachtsmann …

»Bin ja auch noch in der Ausbildung.«

»Quatsch. Sie stehen an einer Tankstelle an Heiligabend. Ich empfehle Ihnen eine Umschulung.«

»Ach ja?«

»Klar. Zum Weihnachtsmann taugen Sie nicht.«

Ehrlichkeit wird überbewertet. Alle sollen ehrlicher sein und sagen, was sie denken. Aber wenn sie es, wie dieser Tankwart, wirklich tun, dann wollen wir es nicht hören.

»Ich habe einem kleinen Mädchen einen Plüschhasen geschenkt.«

»Das ändert die Situation natürlich.«

Dabei lacht er. Er lacht so sehr, dass er sich schüttelt und sein dicker Bauch in der Latzhose tanzt. Obwohl er mich auslacht, muss ich fast mitlachen. Dabei würde ich am liebsten heulen. Und dann macht es irgendwie *klick!* Nein, wenn ich hier bleibe, dann werde ich kein guter Weihnachtsmann, und dieser Kerl wird recht behalten. Dann ist dieser Abend gelaufen.

»Wissen Sie was? Ich werde jetzt da rausgehen und ein kleines Wunder vollbringen!«

Es klingt überzeugend, wie ich finde. Ein junger Mann, der seine Bestimmung gefunden und – überzeugt von diesem komplett bescheuerten Plan – eine Entscheidung getroffen hat. Ein Mann im Weihnachtsmann-kos-tüm und ohne Wohnung: ich.

»Na, das will ich sehen!«

Der Kerl lacht noch immer, aber das stachelt mich an. Es ist Weihnachten. Das Fest der Liebe. Kinder sollten an den Weihnachtsmann glauben dürfen, ohne ihrer Traumvorstellung beraubt zu werden.

»Das werden Sie auch!«

Und während er mich weiter schallend auslacht, marschiere ich erhobenen Hauptes aus dieser Tür in Richtung meines Schicksals. Irgendwo da draußen liegt ein kleines Wunder, das auf seine Verwirklichung wartet. Dieses Wunder wird Kinderaugen zum Leuchten bringen, und sie werden mit offenen Mündern das eben Geschehene verarbeiten. Ja, ich werde … Was für einen Unsinn rede ich denn da? Ich kann doch nicht mal eine Beziehung retten. Ich kann keine Kinder zum Lachen oder Strahlen bringen. Ich bin, machen wir uns nichts vor, das Paradebeispiel einer Niete. Genau das bin ich und alles andere ist Quatsch. Wunder? Weihnachten? Bullshit! Es wird Zeit, den Tatsachen ins Auge zu sehen. In dem runden Spiegel über der Zapfsäule wird mein

Anblick durch die Fischaugenoptik etwas verzerrt, aber ich bin, was ich bin. Kein Wunder, dass er nichts mit mir zu tun haben will. Peinlich genug, dass ich mich kostügelbe Engelmieren muss, um ihn zu sehen. Und selbst als Weihnachtsmann mache ich eine erbärmliche Figur.

Ein kleiner VW Golf kommt ruckelnd auf die Tankstelle zu, doch bevor er die letzten Meter auf den Parkplatz schaffen kann, bleibt er genau in der Einfahrt stehen, gibt ein letztes Krächzen von sich und dann – passiert nichts mehr. Als hätte man einen antrabenden Elefanten mit einem gezielten Betäubungspfeil ausgeknockt. Naja, vielleicht auch eher einen Waschbären. Einen kurzen Moment bleibe ich stehen, um zu beobachten, was als nächstes passiert. Ein letztes heldenhaftes Aufbäumen? Nein. Nur die Fahrertür geht auf. Ich warte ab, wer aussteigt. Brauchen die Insassen Hilfe? Als ich einen Schritt auf den Wagen zu machen will, steigt eine Frau aus, die ich sofort erkenne. Sie kommt auf die beleuchtete Tankstelle zugerannt. Sie hingegen scheint mich nicht zu erkennen … oder sie will mich nicht erkennen. Wie oft trifft man einen busfahrenden Weihnachtsmann?

Ich winke, aber auch das hält sie nicht auf – sie stürzt an mir vorbei ins Innere der Tankstelle, wo sie wild gestikulierend mit dem Mann spricht, der mich vor einigen Minuten noch ausgelacht hat. Durch die Glasscheibe kann ich die beiden beobachten. Gelacht wird nicht, dafür gibt es Kopfschütteln, Gerede und Schulterzucken.

»Hallo.«

Man möchte meinen, als ausgewachsenen Mann sollte mich eine Mädchenstimme nicht so erschrecken. Aber zu meiner Verteidigung: Ich habe nicht damit gerechnet. Schon gar nicht abends auf einem Tankstellenparkplatz. Aber da steht sie, Lara, und lächelt mich an.

»Hallo, Kleines.«

Sie lächelt und zeigt wieder die unvollständige obere Zahnreihe. Süß. Kurz tut ihr Anblick irgendwo zwischen Rippenfell und Zwerchfell weh. Wie das Stechen nach einem Halbmarathon ohne Vorbereitung.

»Wir fahren zu Papa.«

Ich werfe einen Blick an ihr vorbei zum Golf, der noch immer wie abgeschossen dasteht, beide Türen geöffnet. Kein Licht. Keine Regung. Tot.

»Das ist doch super.«

Allerdings hoffe ich, der Plan war nicht, mit diesem Wagen zu fahren, denn das wird nichts mehr. Zumindest nicht mehr heute. Es sei denn, die Gelben Engel retten dieses erlegte Waschbären-Auto.

»Lara! Wieso bist du ausgestiegen?«

»Weil der Weihnachtsmann …«

»Das ist nicht der echte Weihnachts…«

Jetzt reicht es mir. Ja, ich bin nicht *der echte,* das hat sie ganz schnell und clever bemerkt. Aber muss das sein?

»Hören Sie, ich mag für Sie vielleicht nicht der *echte* Weihnachtsmann sein, aber erleiden Sie körperliche Schmerzen, wenn Sie Ihre Tochter in dem Glauben lassen würden?«

Okay, ganz so unhöflich wollte ich gar nicht klingen – aber es tut weh, das zu hören. Schon wieder. Nicht nur von ihr, sondern auch von …

»Wollen Sie mir erklären, wie ich mein Kind erziehen soll?«

Ihre Stimme hat einen zischenden und sehr gereizten Unterton angenommen. Obwohl wir nicht in einer Gewichtsklasse boxen würden, tippe ich darauf, dass sie mich im Ernstfall mit einem Stiefeltritt in die Weichteile außer Gefecht setzen könnte.

»Nein. Aber Kinder dürfen doch wohl noch etwas träumen!«

Damit nicke ich zu Lara, die zwischen ihrer Mutter und mir hin- und hersieht und ganz offenbar nicht versteht, worum sich diese Erwachsenen gerade streiten. Für sie ist die Sache offensichtlich: Ich bin der Weihnachtsmann und ihre Mama der Bad Cop, der mir Ärger machen will.

»Wenn Sie mal eigene Kinder haben, können Sie es ja besser machen.«

Damit nimmt sie Laras Hand und führt sie einige Schritte von mir weg. Sie ist wütend. Auf mich. Nicht, weil ich nicht der echte Weihnachtsmann bin, sondern weil ich ein Mann bin. Und vermutlich verflucht sie gerade alle Männer – und einen ganz besonders. So wie ich wütend bin auf sie, weil sie eine Frau ist, weil sie ihre Tochter bei sich hat – heute und auch sonst jeden Tag. Und weil sie nicht in einem Kleintransporter wohnen muss.

»Sie wollen nach Stuttgart, ja?«

»Ja.«

»Der Wagen macht wohl nicht mehr mit.«

»Gut erkannt, Sherlock.«

Während ich mit ihr rede, dreht sie sich nicht mal zu mir um, was mich noch wütender werden lässt. Meine Halsschlagader schwillt an und für gewöhnlich schreie ich dann. Aber ich schreie nicht vor Kindern. Das habe ich mir vor einer sehr langen Zeit abgewöhnt.

»Hören Sie …«

Es kostet mich viel Selbstkontrolle, meine Stimmlage normal klingen zu lassen und nicht zu brüllen.

»Wenn Sie eine Mitfahrgelegenheit brauchen, ich könnte Sie fahren.«

WAS ZUM TEUFEL SAGST DU DA?

Das war nicht meine Stimme. Das waren auch nicht meine Gedanken. Das können sie gar nicht gewesen sein! Aber sie bleibt stehen und dreht sich zu mir um. Natürlich wird sie mich auslachen, mich vermutlich der Polizei melden. Oder verprügeln. Dieser Frau ist alles zuzutrauen. Ehrlich, dieser Blick gehört eigentlich in das Gesicht von Chuck Norris.

»Wie bitte?«

Ja genau: »*Wie bitte?*« Was hast du dir dabei gedacht, Ben? Das ist doch totaler Unsinn und klingt nicht wie ein Weihnachtswunder, sondern wie eine billige Anmache eines Psychopathen auf einem Parkplatz. Wenn mir jetzt nicht die richtigen Worte einfallen, wird sie die Bullen rufen. Allerdings hätte ich dann zumindest ein Dach über den Kopf.

»Ich weiß, wie es ist, wenn man an Weihnachten mit einem ganz bestimmten Menschen zusammensein will. Und ich weiß, wie weh es tut, wenn man das nicht sein kann.«

Mein Blick wandert zu Lara, die unbedingt bei ihrem Vater sein will. Das tut einerseits weh – und macht andererseits auch wieder Mut. Kinder können mit einer Wucht vermissen oder vergessen, aber genau das vergessen wir Erwachsenen nur manchmal.

»Sie wollten doch sowieso fahren. Rufen Sie jemanden an.«

»Was?«

Ich wühle meinen Geldbeutel aus meiner Hosentasche und suche nach meinem Personalausweis. Wie verzweifelt diese Aktion auch wirken mag, vielleicht kann ich doch etwas ändern. Wenn schon nicht in meinem, dann vielleicht in ihrem Leben.

»Hier. Mein Personalausweis. Lesen Sie meinen Namen. Mein Nummernschild. Egal. Ich bin kein Psycho.

Aber Lara hat zumindest die Chance verdient, an Weihnachten bei ihrem Papa zu sein.«

Stille. In meinem ganzen Leben habe ich noch nie (im nüchternen Zustand) so viel Blödsinn von mir gegeben, wie in den letzten drei Minuten. Der Stoffbauch, den ich noch immer unter dieser roten Kutte trage, liefert dabei die größte Zugabe in der großen Sich-lächerlich-machen-Vorstellung, die ich gerade gebe. Aber dann stiehlt sich ein kleines Lächeln auf ihr Gesicht, als sie meinen Perso tatsächlich annimmt und einen Blick auf das relativ aktuelle Lichtbild wirft. Dort trage ich meine braunen Haare ein kleines bisschen länger als im Moment, bin unrasiert und durfte nicht lächeln. Aber vielleicht überzeugen sie meine klaren, blauen Augen. Frauen mögen so etwas ja.

»Also gut, Benjamin Polar, geboren 1980 in Schwieberdingen. Da will ich Ihrer Polarbären-Größe von einsachtundachtzig mal vertrauen.«

Ich lächele zufrieden.

»Einmal Polar-Express nach Stuttgart.«

Sie zückt ihr Handy und wählt eine Nummer, während sie zu Lara sieht und zum ersten Mal heute Abend lächelt.

»Lara, der Weihnachtsmann fährt uns zu Papa.«

Nele, so heißt Laras Mutter, nimmt neben mir auf dem Beifahrersitz Platz, während die Kleine in ihrem Kindersitz auf der Rückbank irgendwo zwischen meinen Habseligkeiten fröhlich aus dem Seitenfenster schaut. Meine ganzen Personalien hat Nele an ihre beste Freundin Sandra weitergegeben. Im Fall einer Entführung würde diese ihren großen und sehr kräftigen Freund – Tobi – anrufen. Der sei nämlich Polizist. Ich glaube von der ganzen Geschichte gar nichts. Allerdings sieht Tobi in meiner

Vorstellung tatsächlich sehr gefährlich aus. Und was, wenn er doch Polizist ist? Egal. Ich plane keine Entführung. Ich fahre nur eine kleine Familie in die Kesselstadt, damit sie wieder eine große Familie werden kann. Solche Dinge tut man doch an Weihnachten, oder?

Nein, eigentlich nicht. An Weihnachten überfuttere ich mich für gewöhnlich und liege dann irgendwann glücklich betrunken auf der Couch, während Hannah sich überlegt, gegen welchen Ersatz sie mein missglücktes Geschenk am nächsten Arbeitstag eintauschen kann. Ja, ich versage beim Verschenken – dabei gebe ich mir wirklich Mühe. Nur wenn ich die endgültige Entscheidung treffen muss, gerate ich in Panik. Dann schlägt mein Herz zu schnell, die Musik im Einkaufszentrum wird zu laut und mich überfällt ein Erstickungsgefühl. Also greife ich nach dem erstbesten Angebot und kaufe es. Letztes Jahr bekam Hannah von mir also einen Fotoband über Kriegsberichterstattung, weil das Buch über Audrey Hepburn ausverkauft war. Okay, ehrlich gesagt wundert es mich nicht, dass sie dieses Jahr lieber ohne mich feiern möchte.

»Vielen Dank noch mal.«

Nele, die mit einem Lächeln im Gesicht wirklich bezaubernd aussieht, holt meine Gedanken zurück in das Innere dieses Busses.

»Das ist kein Ding. Mache ich gerne.«

Sie runzelt die Stirn und beobachtet mich genau. Ein Glück muss ich mich auf die Straße konzentrieren, denn sonst würde sie sehen, wie groß die Lüge tatsächlich ist. Zumindest der erste Teil davon.

»Natürlich kriegst du von mir Benzingeld!«

Aber ich winke ab. Deswegen tue ich es nicht.

»Quatsch! Ich wäre sowieso in die Richtung gefahren.«

Ich lüge, und das in Anwesenheit einer Minderjährigen. Das ist wieder ein Schritt zurück und keiner nach vorne. *Verdammt Ben, reiß dich zusammen!*

»Nach Stuttgart?«

Lügen. Nicht lügen.

»Liegt auf dem Weg.«

Das ist schon viel weniger gelogen. Die Großstadt zieht mich magisch an, ich war schon viel zu lange nicht mehr da. Vielleicht sollte ich ein paar Freunde besuchen …

»Wohnt da deine Familie?«

»Nein. Aber Freunde. Und man kann doch auch an Weihnachten mal Freunde besuchen, oder?«

Ich wette, wenn sie mich so reden hört, kommt sie nie darauf, dass ich damals einen Abischnitt von 1,2 geschafft habe. Aber ich kann es ihr nicht verübeln.

»Natürlich. Hauptsache, man ist nicht alleine.«

»Genau.«

Sie wirft einen Blick nach hinten, wo Lara noch immer glücklich vor sich hin summt.

»Alles gut da hinten, Maus?«

»Ja! Wann sind wir bei Papa?«

Da Nele nicht antwortet, muss ich wohl herhalten. Wenn alles gut geht und kein spontaner Wintereinbruch uns überrascht, dürften wir nicht zu lange für die Strecke brauchen.

»Vor Mitternacht auf jeden Fall!«

Als Kind habe ich es gehasst, wenn meine Eltern utopische Zeitangaben gemacht haben, die sich dann aufgrund von Staus und Pinkelpausen niemals einhalten ließen. »Vor Mitternacht« kann also alles bedeuten und gibt mir genug Zeit, um die Strecke in Ruhe zu fahren. Lara zumindest scheint mit der Auskunft zufrieden und bleibt stumm.

»Du musst denken, dass ich eine schreckliche Mutter bin.«

Wir haben uns bei Kilometer fünf auf das *Du* geeinigt. Alles andere wäre albern.

»Tue ich aber nicht.«

»Ich steige zu einem Fremden in den Bus, mit meiner Tochter, die Weihnachten lieber bei ihrem Vater als bei mir sein will.«

Oha. Sonst werden solche Geschichten immer anders erzählt. Ein kurzer Blick zu Nele lässt mich erahnen, dass sie das auch tatsächlich glaubt.

»Nein. Ich denke, du bist eine tolle Mutter, weil du das alles für deine Tochter tust.«

»Nur für den Fall, dass du auf komische Ideen kommst … Ich habe Pfefferspray dabei …«

Es soll vermutlich nur ein Scherz sein, aber ich bin mir da gar nicht sicher. Nele ist einiges zuzutrauen.

»Dann weiß ich ja Bescheid.«

»Erzähl mir doch was über dich. Damit ich nicht das Gefühl habe, eine verrückte Mutter zu sein.«

Diesmal lacht sie und ich will mal nicht so sein. Nur leider wäre meine Geschichte nicht besonders beruhigend oder aufregend. Aber die Ausrede, ich wäre der Weihnachtsmann, funktioniert bei niemandem, der das Alter von zehn Jahren überschritten hat.

»Ich arbeite an den Feiertagen als Weihnachtsmann im Einkaufszentrum.«

Wieso ich ausgerechnet das aussuche, um es zuerst zu erzählen, weiß ich leider nicht. Vielleicht erscheint es mir als das, was im Moment sehr aufregend klingt.

»Den Rest des Jahres bist du arbeitslos?«

»Arbeitssuchend. Meistens.«

»Oh.«

»Oder … oder ich arbeite in der Firma von meiner Freundin.«

Das stimmt. Nein, eigentlich auch nicht. Nele beobachtet mich mit einer Mischung aus Interesse und Überraschung.

»Ex-Freundin.«

Diese Tatsache ist noch so frisch, dass man sie ja wohl mal kurz vergessen kann. Vermutlich habe ich also nicht nur keine Wohnung, sondern auch keinen Job mehr. Das wird immer besser …

»Wir haben uns getrennt.«

Dabei will ich gar nicht über Hannah reden. Oder über meinen Job.

»Das scheint noch ziemlich frisch zu sein, kann das sein?«

Nele stellt die Frage zaghaft, sie merkt, dass es nicht mein Lieblingsthema wird.

»Oh ja. Ziemlich.«

»Deswegen der ganze Kram in deinem Bus?«

Ich nicke und drücke unbewusst etwas fester auf das Gaspedal.

»Sie hat diese Entscheidung wohl ziemlich spontan getroffen.«

Nele sieht mich überrascht von der Seite an.

»Heute? Sie hat dich heute rausgeschmissen?«

»Vermutlich hatte sie den Plan schon etwas länger …«

»Wie kann man jemanden an Weihnachten vor die Tür setzen?«

Hm, auch ich habe mir in den letzten Stunden diese Frage gestellt. Eine wirklich gute Antwort habe ich darauf nicht, aber Nele wartet.

»Ganz einfach, du packst das Zeug von deinem Freund zusammen, stellst es vor die Tür, wechselst die Schlösser – und ta-dah! Fertig.«

Das klingt genau so bitter, wie ich es meine.

»Tut mir leid, Ben.«

Dabei muss es das nicht mal. Es ist gar nicht so schrecklich tragisch. Es war nur das Timing, das hätte sie besser wählen können. Müssen! Aber die Tatsache, dass wir uns trennen, war nun wirklich absehbar. Irgendwie dachte ich immer, dass ich es aussprechen müsste. Jetzt war Hannah schneller.

»Nicht so schlimm. Ich brauche nur eine Wohnung.«

Und ein neues Leben. Einen Neuanfang.

»Ist also kein schönes Weihnachtsfest für dich.«

»Nein, aber der Rauswurf war gar nicht das Schlimmste.«

Meine Stimme klingt belegt. Hannah hat Schluss gemacht. Schön. Aber meine Gedanken sind ganz woanders. *Nur nicht drüber nachdenken. Nicht jetzt! Schnell, schneide ein neues Thema an!*

»Und wie kommt es, dass der Papa in Stuttgart wohnt und nicht bei euch?«

Okay, das ist nicht wirklich fair, aber es lenkt ab. Nele sieht weg, raus aus dem Fenster in die dunkle Landschaft, die an uns vorbeizieht.

»Er wollte sein Leben dort nicht aufgeben. Seine Freunde, seine Clubs. Wozu umziehen?«

»Verstehe.«

»Er kann seine Tochter ja immer mal wieder besuchen, das müsste ja reichen.«

Sie lacht bitter und sieht wieder zu mir. Ihre Augen haben sich verdunkelt und sehen wie kleine schwarze Punkte aus. Die Erinnerung scheint schmerzhaft und ich sollte nicht darin rumstochern. Aber ich möchte es einfach gerne wissen.

»Sieht er sie denn oft?«

»Kommt darauf an. Geburtstag und Weihnachten. Nennst du das oft?«

»Oh ja.«

Es rutscht mir nur so raus. Nele wirkt verwirrt und sofort wird ihre Körperhaltung abweisender. Dabei meine ich es gar nicht so, wie sie es auffasst.

»Typisch. Ihr Kerle haltet selbst jetzt noch zusammen, was?«

»Quatsch!«

»Natürlich! Du denkst doch auch, dass ich kein Recht hatte, wegzugehen! Ich hätte schön bleiben und seinem Traum folgen sollen. Nicht meinem!«

»Das habe ich doch gar nicht gesagt!«

»Musst du auch nicht. Das denken doch alle.«

Sie sieht wieder weg und gibt mir gar nicht die Chance, meine Meinung zu der Situation zu sagen. Aber wieso sollte sie das auch interessieren? Es klingt ganz so, als ob schon jede Menge Leute ihre Meinung zu dem Thema abgegeben hätten.

»Mama?«

Laras Stimme erreicht uns von der Rücksitzbank. Als hätte sie uns beide angesprochen, drehen wir uns beide um.

»Mir ist ein bisschen schlecht.«

Sofort nehme ich den Fuß vom Gas, was ich schon beim 100er-Schild hätte machen sollen … Als würde das Laras Übelkeit aufhalten …

»Oh, Maus. Du musst tief in den Bauch einatmen und an was Schönes denken, ja?«

»Habe ich schon versucht.«

Im Rückspiegel kann ich erkennen, dass sie etwas blasser wirkt, als noch vor einigen Kilometern.

»Soll ich den nächsten Parkplatz anfahren?«

»Ja, das wäre nett.«

Nele lächelt mich dankbar an und dreht sich wieder zu Lara.

»Alles wird gut, Maus.«

»Ich glaube, ich muss spucken.«

Nele sieht entschuldigend zu mir, aber ich kenne das.

»Im Handschuhfach muss irgendwo eine Plastiktüte sein. Vielleicht braucht sie die.«

Schon während ich es ausspreche, will ich mir die Zunge abbeißen. Natürlich weiß ich noch, wo ich alles versteckt habe. Nur reingestopft, Deckel zu und weg. Keiner hat es mitgekriegt. Aber jetzt sehe ich, wie Nele das Handschuhfach öffnet und ihr die losen Blätter entgegenfallen. Sie fängt sie auf, bevor sie in den Fußraum rutschen und wühlt dann weiter in den Untiefen des Fachs. Vielleicht hat sie die Seiten gar nicht bemerkt. Schließlich findet sie die Tüte und reicht sie Lara. Gerade noch rechtzeitig, denn schon übergibt sich die Kleine in die Tüte.

»Oh je!«

Am liebsten würde Nele nach hinten klettern und ihre Kleine in den Arm nehmen, da bin ich mir sicher. Aber stattdessen dreht sie das Fenster runter und lässt die frische Winterluft ins Innere.

»Ich kann das nicht so gut ab.«

»Na ja, Kotze ist nicht für jeden etwas.«

Ich zwinkere ihr zu, während ich die Ausfahrt zum Parkplatz nehme und bei der ersten Gelegenheit den Bus zum Stehen bringe.

Kaum steht der Wagen, steigt sie auch schon aus. Ich folge ihrem Beispiel und ziehe die Schiebetür auf. Lara sitzt wie ein Häufchen Elend auf ihrem Sitz und übergibt sich noch einmal in die Plastiktüte. Nele streichelt aus der größtmöglichen Entfernung ihre Schulter und sieht zu mir. Das Ganze ist ihr peinlich, dabei müsste es das gar nicht. Ich zucke die Achseln und setze ein schiefes Grinsen auf.

»Soll ich mal?«

»Ja bitte.«

Ich klettere zu Lara in den Innenraum und befreie sie vorsichtig vom Sicherheitsgurt. Ein bisschen Farbe kehrt in ihr Gesicht zurück, als sie mich aus ihren blauen Knopfaugen ansieht.

»Da bin ich wohl etwas zu rasant gefahren, oder?«

Sie nickt erschlagen. Ich hebe ihren schlaffen Körper aus dem Sitz und trage sie nach draußen, wo sie tief einatmet.

»Sollen wir uns mal da drüben hinsetzen?«

Eine Holzbank steht in der Nähe und ich halte ihre Hand, während sie auf zittrigen Beinen neben mir herläuft. Nele folgt uns in sicherer Entfernung. Nein, das hier ist kein Spaß, aber mein Zivildienst damals hat mich abgehärtet, inzwischen kann ich das ziemlich gut verkraften. Lara setzt sich hin und sieht von der Tüte zu mir.

»Ich habe sie vollgemacht!«

Darauf kann sie allerdings stolz sein, und so nehme ich sie ihr ab und werfe sie in die Tonne neben uns.

»Ich hole uns ein Wasser.«

Nele nickt in Richtung Tankstellen-Shop einige Meter weiter und wir nicken. Wasser hilft ja bekanntlich immer.

»Geht es denn wieder etwas besser?«

Sie nickt, aber so richtig überzeugend wirkt sie dabei nicht.

»Wir machen jetzt erst mal eine kleine Pause. Wenn du dich besser fühlst, dann fahren wir einfach weiter. Was meinst du? Guter Plan?«

Sie zuckt die Schultern und die erste Träne kullert über ihre Wangen. Kotzende Kinder kann ich viel besser handhaben als weinende Kinder.

»Hey hey, du musst nicht weinen. Das ist gar nicht schlimm.«

Aber sie schlägt die Hände vors Gesicht und fängt an zu weinen. Das habe ich ja mal wieder genial hingekriegt.

»Lara, das ist mir auch schon passiert. Echt jetzt.«

Ich fuhr damals allerdings sturzbetrunken Achterbahn, aber diese Details muss ich jetzt nicht erwähnen. Es ist ohnehin ein Wunder, dass ich mich noch daran erinnern kann – und die Aktion damals überlebt habe. Lara wird das hier auch überleben. Sie sieht mich wieder an und zumindest ihre Wangen haben wieder etwas Farbe.

»Jetzt denkt er bestimmt, ich komme nicht mehr.«

Aha. Daher weht der Wind. Der Papa mal wieder. Ich gehe vor ihr in die Hocke und sehe sie an. Was ich jetzt sagen werde, meine ich auch so. Jedes Wort und ich hoffe so sehr, dass es stimmt.

»Lara, weißt du … Wir Papas, wir werden immer warten. Immer.«

»Ehrlich?«

»Ehrlich! Dein Papa weiß ganz genau, dass du kommen wirst und er wird warten.«

Das hoffe ich. Ich würde warten. Kein Auge zukriegen und hoffen, dass es bald an der Tür klingelt.

»Du bist bestimmt das tollste Weihnachtsgeschenk für ihn.«

Da! Ein Lächeln. Kurz. Aber immerhin.

»Weißt du denn, ob er sich gewünscht hat, dass ich komme?«

Oh je. Als Spider-Man gesagt hat, dass *»with great power comes great responsibility«*, da hatte er tatsächlich recht. Dieses blöde Kostüm zwingt mich echt zu den absurdesten Aktionen und Aussagen. Ich weiß ja nicht mal, wie ihr Papa heißt. Woher um alles in der Welt soll ich wissen …?

»Na aber sicher! Und wie. Und er weiß auch, dass du unterwegs zu ihm bist. Manchmal kann er das nicht so doll zeigen. Aber er vermisst dich sehr.«

Jetzt ist es ein richtiges Lächeln, und das macht mich ein kleines bisschen stolz. Ich wünschte nur, es wäre auch wahr. So wie Nele über ihn gesprochen hat, scheint es ihm nicht besonders wichtig zu sein, ob und wann seine Tochter bei ihm ist. Aber ich denke, eine Notlüge im Weihnachtsmannkostüm ist in diesem Falle erlaubt. Oder?

»Hier Lara, trink mal einen Schluck Wasser, ja?«

Nele tritt neben mich, als ich wieder aufstehe. Sie schenkt mir ein kurzes Lächeln.

»Ab hier übernehme ich wieder. Danke.«

»Gerne.«

Das ist mir sogar ganz recht, denn meine Kehle fühlt sich plötzlich ziemlich eng an. Schnell gehe ich ein paar Meter weiter weg und lasse die beiden Mädels alleine. Sie brauchen mich nicht dabei – und ich brauche ein paar tiefe Atemzüge und eine Zigarette. Zur gleichen Zeit, das wäre toll.

Hinter dem Bus bleibe ich stehen und versuche, nicht mehr daran zu denken … Aber irgendwie wird der brennende Schmerz in meinem Inneren nicht weniger. Egal wie sehr ich mich auch anstrenge. Fast fühle ich mich, als ob ich mich gerade übergeben habe. Und irgendwie habe ich das auch getan. Ich kann es noch so lange leugnen, es bringt nichts. Er fehlt mir. Er fehlt mir heute mehr denn je. Er fehlt mir so sehr, dass ich wie ein kleines Mädchen heulen könnte. Ich fahre eine Mutter und ihre Tochter durch die Nacht zu ihrem Vater. Ich selbst werde am Ende des Abends alleine in meinem Bus sitzen und meinen Sohn vermissen, der an diesem Tag alles lieber wollte als bei mir, seinem Vater, zu sein.

»Ben?«

Jetzt bloß nicht nicht losheulen! Schnell wische ich mir über die Augen und drehe mich wieder um. Nele hilft Lara wieder in den Bus und sieht mich nachdenklich an.

»Ist alles okay?«

Ich nicke nur allzu schnell und setze eines meiner vielen falschen Lächeln auf.

»Alles bestens.«

Lara scheint die ganze Situation ziemlich mitgenommen zu haben. Sie döst weg, bevor Nele den Sicherheitsgurt angebracht hat. Erst jetzt fällt mir auf, dass sie die Blätter aus dem Handschuhfach noch immer in der Hand hält. Verdammt!

»Den hier solltest du abschicken, Ben. Felix würde sich sehr freuen.«

Dieser verdammte Brief!

Sie reicht mir die Blätter wieder und ich falte sie behutsam zusammen, bevor ich sie in meine Hosentasche stopfe.

»Das denke ich kaum.«

»Wieso denn? Versuch es doch einfach.«

Klar. Genau. Ich versuche es einfach mal so. Das stellt sie sich sehr einfach vor. Erstens würde seine Mutter den Brief ohnehin abfangen und ihm meine Worte niemals, unter keinen Umständen vorlesen, und zweitens …

»Er wollte mich nicht sehen. Deswegen das hier.«

Ich zeige an mir runter auf dieses idiotische Kostüm.

»Er wollte zum Weihnachtsmann im Einkaufszentrum. Deswegen habe ich mich beworben. Weil ich dachte, wenn er nicht weiß, dass ich es bin, dann sehe ich ihn vielleicht zumindest.«

Das Brennen in meinen Augen macht mich wahnsinnig, weil ich deswegen eigentlich nicht mehr weinen will. Eigentlich will ich deswegen auch nicht mehr fühlen. Oder atmen …

»Aber er wollte nicht zu mir, weil der Weihnachtmann sowieso nicht echt ist. Es waren bestimmt zwanzig Kinder. Aber Felix, der wollte nicht zu mir.«

»Das tut mir so leid.«

»Nicht mal, wenn ich mich als Weihnachtsmann verkleide, will mein Sohn Zeit mit mir verbringen. Was soll ein bescheuerter Brief denn ändern?«

Damit steige ich wieder in den Bus und will einfach nur weit weg. Weg! Soviel Abstand wie möglich zwischen mich und die Erinnerung an meine Beinahe-Begegnung mit Felix bringen. Nele nimmt neben mir Platz und legt mir ihre Hand auf den Arm.

»Du hast heute mehr für Lara gemacht, als ihr Vater in den letzten drei Jahren. Du bist bestimmt ein toller Vater.«

Wer kann das schon sagen? Die Chance einer zu sein, habe ich mir vor einigen Jahren selber verbaut, jetzt muss ich damit leben. So wie mit allen anderen Dingen, die ich in letzter Zeit vermasselt habe …

Die nächsten Kilometer bleiben wir stumm und der Brief in meiner Hosentasche fühlt sich unglaublich schwer an. Sobald ich die beiden abgesetzt habe, werde ich ihn wieder ins Handschuhfach sperren. Da gehört er hin. Da sollte er niemals wieder gefunden werden. Vielleicht hätte ich ihn auch einfach niemals schreiben sollen.

»Ich weiß, das geht mich alles gar nichts an … aber …«

Deswegen, genau deswegen, spreche ich nicht darüber. Denn wenn ich es tue, dann fragen die Leute nach und ich muss es erzählen und erklären. Dann muss ich darüber nachdenken und dann tut es weh. Jedes Mal ein bisschen mehr. Weil es jedes Mal ein bisschen länger her ist, dass ich ihn gesehen und mit ihm gesprochen habe.

»Du willst wissen, wieso wir keinen Kontakt haben?«

Nele sieht zu mir, aber ich gebe ihr gar keine Chance, zu antworten.

»Weil ich ein Arschloch bin! Weil ich schnell laut werde und weil seine Mutter dann Angst vor mir bekommt. Deswegen hat sie beschlossen, es wäre das Beste für Felix, wenn ich ihn nicht mehr sehe.«

»Das tut mir leid. Aber das habe ich gar nicht gemeint. Ich wollte sagen, dass Kinder mit einer Wucht lieben, die wir Erwachsenen verlernt haben. Dein Sohn liebt dich. Ganz sicher.«

»Ich glaube, ich hab's bei ihm vermasselt.«

»Laras Papa vermasselt alles. Immer. Am laufenden Band. Und trotzdem hat sie heute wie ein Schlosshund geheult, weil er nicht hier ist. Weißt du, wieviel Lust ich auf den Typen habe? Null. Aber Lara liebt ihn über alles.«

»Felix wollte doch nicht mal zu mir.«

»Schick ihm diesen Brief. Dann hast du es zumindest versucht. Ganz ohne Kostüm und Rauschebart.«

Vielleicht hat sie sogar recht. Solange ich diesen Brief bei mir habe, werde ich immer und immer wieder daran denken, dass ich ihn nicht abgeschickt habe – und dass er nicht weiß, wie sehr er mir fehlt. Dann kann er nicht mehr glauben, dass er mir egal ist. Das ist er mir nämlich keine Stunde am Tag.

»Danke, Nele.«

»Ganz sicher nicht dafür.«

Sie lächelt mich an und für einen klitzekleinen Moment tut alles gar nicht mehr so schrecklich weh.

Das Ortsschild von Stuttgart erinnert mich an meine Eskapaden als Jugendlicher, als wir mit der S-Bahn in die Großstadt gefahren sind, um mal auf eine echte Party zu gehen – eine, die nicht in einem Zelt oder in einer Scheune stattfand.

Nicht so, wie bei uns daheim auf dem Dorf.

Nele nennt mir die Adresse im Stuttgarter Westen, und nach einer kurzen Orientierungsphase finden wir schließlich die kleine Straße, in der seine Wohnung liegt. Ich bringe den Wagen zum Stehen, zweite Reihe, und sehe zufrieden zu Nele. Es ist vor Mitternacht, somit also noch Weihnachten. Ich habe tatsächlich ein kleines Wunder vollbracht!

»Ben, wenn ich diese Geschichte jemandem erzähle, wird der mich für verrückt halten.«

»Ja, so ist das mit Weihnachtswundern.«

Sie beugt sich zu mir und drückt mir einen sanften Kuss auf die Wange.

»Ein bisschen bist du heute mein Held geworden.«

Sowas habe ich auch schon lange nicht mehr gehört. Diesmal beschließe ich, es ohne Zweifel einfach mal zu glauben.

»Maus, wir sind da. Sollen wir den Papa überraschen gehen?«

Lara blinzelt einige Male, als bräuchte sie ein paar Minuten, um zu verstehen, wo wir sind, wo sie ist – und dass es kein Traum ist.

»Papa?«

Ich beuge mich über sie, um den Sicherheitsgurt zu lösen; als sie mich verschlafen anschaut, muss ich grinsen.

»Fast. Aber gleich bist du beim Papa.«

Bevor ich noch etwas sagen kann, legt sie ihre Arme um mich und drückt mich fest an sich. Ihr kleiner Körper schmiegt sich fest an mich, und so lege auch ich meine Arme um sie und schließe einen Moment die Augen. Es mag nicht Felix sein, aber es ist und bleibt ein Kinderlächeln an Weihnachten.

»Danke, Ben!«

Ich winke ihnen zu, während sie durch die Tür ins Innere des Wohnhauses treten und mich in der Stuttgarter Nacht alleine lassen. Als ich heute Morgen aufgewacht bin, habe ich mir vieles vorgestellt, aber bestimmt nicht, jetzt mit meinem Bus in Stuttgart zu stehen. In einem Weihnachtsmannkostüm! Und wie für einen echten Superhelden, wird es auch für mich Zeit, nach getaner Arbeit das Supercape abzulegen. Auf der Rückbank ziehe ich das Kostüm endlich aus und schlüpfe wieder in meine Jeans und einen Pullover. Vorbei meine Zeit als Mini-Superheld.

Jetzt bin ich wieder Ben.

Ich muss keine Wunder vollbringen, sondern endlich mein Leben in den Griff kriegen. Die Trennung von Hannah ist ein Neuanfang. Ich sollte mir einen echten Job suchen und noch mal von ganz vorne anfangen. Ich ziehe mein Handy aus der Tasche und starre die Nummer eine ganze Weile an, bevor ich endlich auf den grünen Hörer drücke. Wieso nicht jetzt versuchen? Es gibt keinen perfekten Zeitpunkt für sowas …

Es klingelt.

»Hallo?«

Noch nie in meinem Leben hatte ich so große Angst, meinen Namen zu sagen.

»Hi Paula, ich bin's Ben.«

»Ben?«

»Ja ich weiß, ist schon echt spät und so … aber … Ich dachte … ich rufe mal an und sage … Frohe Weihnachten.«

Stille. Hat sie schon aufgelegt? Ja, es ist spät. Und nein, auch an Weihnachten ruft man um diese Uhrzeit nicht mehr an. Aber jetzt ist es zu spät.

»Danke. Dir auch.«

»Ja.«

Frag einfach! Frag doch einfach, du Angsthase!! Ich hole tief Luft, aber Paula ist schneller.

»Willst du vielleicht auch mit Felix sprechen?«

Mein Herz bleibt stehen, meine Hände zittern und mein Kopf will platzen.

»Sehr gerne.«

»Okay, bleib kurz dran.«

Ich höre Gespräche im Hintergrund, kurzes Geraschel … und dann, wie aus dem Nichts, ist er plötzlich da!

»Hallo?«

Sofort schießen mir Tränen in die Augen und ich muss mich zusammenreißen.

»Hi Felix.«

»Papa?«

Wie ein Sprung vom 10-Meter-Turm! Freier Fall – Adrenalin – Aufprall – !!!

»Ich wollte dir nur frohe Weihnachten wünschen.«

Er sagt nichts. Aber ich höre ihn atmen und auch wenn das vielleicht nicht viel ist, ist es mehr als ich die letzten zwei Jahre von ihm hatte. Sein Atmen klingt ganz so wie meines. Ganz der Papa …

»Wünsche ich dir auch.«

Natürlich ist nicht alles wieder gut. Ein Anruf verändert nichts und wenn, dann vielleicht nur ein winziges bisschen. Aber kleine Anfänge sind auch Anfänge.

»Ben? Bist du noch dran?«

Paula hat das Telefon wieder an sich genommen und ihre Stimme klingt weit weg. Viel zu weit weg.

»Ich bin da.«

»Ist alles okay? Bist du krank oder sowas?«

»Nein. Mir geht es gut.«

Ausgesprochen gut sogar.

»Paula, kann ich Felix einen Brief schicken?«

»Sicher. Oder … bring ihn doch vorbei. Ich glaube er würde sich wirklich freuen, dich mal wiederzusehen.«

Weihnachten. Ohne Schnee. Ohne Weihnachtsbaum. Und ohne Geschenke. Aber diese zwei Sätze lassen mein Herz schneller schlagen. Ja, ich habe keine Wohnung, keinen Job und keine Freundin mehr. Aber jetzt, in diesem Bus in Stuttgart, irgendwo beim Feuersee, da habe ich alles, was ich brauche, um glücklich zu sein.

Eine Chance!

Eine Chance, um Zeit aufzuholen und zu hoffen, dass Nele recht behalten wird und Kinder ihre Eltern aus dem einzig wahren Grund lieben: aus gar keinem. Sie tun es einfach, auch wenn wir es manchmal vermasseln.

~~Ende~~ Neuanfang

Katrin Koppold

Glühwürmchen im Bauch

»Schließe die Augen und richte den Blick auf dein Inneres. Atme tief ein und aus. Du bist ganz schwer.«

Schwer war ich in der Tat.

»Dir ist warm.«

Ich schwitzte.

»Du fühlst dich wohl und entspannt.«

Zumindest soweit das möglich war, wenn man wie ein Faschingskrapfen aussah und zwanzig Kilo Füllung mit sich herumschleppte. – Oh nein! Jetzt nicht abschweifen, Helga!

»Dein Atem strömt tief in dein Wurzel-Chakra ein.« Conny machte ein Geräusch wie ein kaputter Blasebalg. »Und durch dein Kopf-Chakra wieder aus.« Sie gab einen pfeifenden Laut von sich. »Dein Atem ...«

Nils stieß mich in die Seite. Ich zuckte zusammen und öffnete unwillig mein rechtes Auge.

»Wo liegt denn dieses Wurzel-Chakra?« Fragend zeigte er erst auf seine Füße, dann auf seinen Unterkiefer.

»Ich weiß es nicht«, raunte ich zurück. Jetzt nur nicht rausbringen lassen. Ich hatte nur noch diese eine Chance.

Doch Nils ließ nicht locker. »Warum weißt du das nicht? Du warst doch schon ein paar Mal hier.«

»Dieses Wurzel-Chakra gehört anscheinend zum esoterischen Grundwissen. Und jetzt lass mich weiter danach suchen.« Schnell schloss ich das Auge wieder und atmete tief ein und aus.

»Schwer, warm, entspannt, Atem durch Wurzel-Chakra ein, schschsch, durch Kopf-Chakra aus, pffft«, wiederholte ich hastig. Ich durfte auf keinen Fall den Anschluss verlieren. Doch zu spät! Hatte ich zuvor zumindest eine leichte Müdigkeit verspürt, so war ich nun hellwach.

Nils schien in dieser Hinsicht talentierter zu sein als ich. Seine Gesichtsmuskeln waren erschlafft und sein Brustkorb hob und senkte sich regelmäßig. Er hatte anscheinend sofort wieder in den Entspannungsmodus umschalten können. Wie unfair! Dabei hegte er normalerweise ein grundlegendes Misstrauen gegen alles Esoterische. Ich hatte ihn jedenfalls nur dadurch überzeugen können, mich an diesem letzten Abend des Kurses zu begleiten, indem ich ihm klarmachte, dass ich die Geburtspositionen schlecht mit der Hebamme oder dem Mann einer Mitschwangeren nachstellen konnte.

»Wenn du ganz bei dir bist, verbinde deinen Atemfluss mit einem Mantra«, säuselte Conny. »Atme ein: *soooo.* Und atme aus: *haaaamm.*«

»*Soooo haaaaam*«, wiederholten die anderen Kursteilnehmer ekstatisch.

»*So ham*«, murmelte ich enttäuscht. Dieses Mal war ich mir so sicher gewesen, den hypnotischen Zustand zu erreichen, der uns Schwangeren laut Conny eine schmerzfreie Geburt bescheren würde. Doch weder ihre ruhige Stimme noch die Musik oder all das Qi und das Gong, das durch die Luft waberte, schien bei mir irgendeine Wirkung zu zeigen. Ich fühlte mich wie eine Versagerin. Wobei ich zugeben musste, dass mein Scheitern von Anfang an vorprogrammiert gewesen war. Was ich wollte, waren knallharte Fakten. Was ich bekam, war Meditation zu Walgesängen. Dabei hätte mir doch bereits die Ausschreibung »Sanfte Geburt durch harmonische Chakren« deutlich machen müssen, dass mich genau das erwarten würde.

Aber was beschwerte ich mich? Wenigstens mussten wir nicht die vier Elemente nachtanzen. Mir trieb es immer noch den Schweiß auf die Stirn, wenn ich an die letzte Stunde dachte. Nicht nur, dass ich einen stürmischen Wind, eine züngelnde Flamme und ein sanft dahinplätscherndes Bächlein dargestellt hatte. Ich war auch fruchtbare Erde gewesen. Nicht auszudenken, wenn Nils mich dabei gesehen hätte. Irgendwann wollte ich schließlich wieder mit ihm schlafen. Gut, auf allen Vieren auf einer Gymnastikmatte zu knien und eine Babypuppe aus mir herauszupressen, war wahrscheinlich ebenso wenig dazu geeignet, unsere Partnerschaft erotisch zu beleben.

»Spüre die Energie!«, rief Conny. »Lass das Licht durch deinen Körper fließen!«

»Och nö! Ich dachte, nach diesem ganzen Chakren-Kram wären wir fertig«, murrte Nils, jetzt offenbar auch nicht mehr gewillt, die entspannte Fassade zu wahren.

»Pst!«, zischte ich ihm zu. Die absolute Ruhe während der Entspannungsübung war Conny heilig.

Zu spät! Streng schaute sie zu mir herüber. Doch dann blieb ihr Blick an Nils hängen und bekam einen entzückten Ausdruck. Wahrscheinlich nicht nur, weil er so gut aussah – obwohl er das tat! –, sondern vor allem, weil er in der bekannten Krankenhausserie »Ganz in Weiß« mitspielte. Auch den anderen Kursteilnehmerinnen gelang es heute nicht ganz so gut wie sonst, sich auf ihr inneres Auge zu konzentrieren. Viel interessanter war es, mit dem äußeren zu Nils hinüberzustarren.

Mein Freund bekam von der ganzen Aufregung um seine Person jedoch nichts mit. Wahrscheinlich eine Art Selbstschutz. Denn auch er musste hin und wieder das

Auto tanken oder Toilettenpapier kaufen. Und wenn er nicht ständig mit Sonnenbrille oder Baseballkappe herumlaufen wollte, blieb ihm nichts anderes übrig, als neugierige Blicke und Getuschel zu ignorieren.

»Du bisch's also wirklich. I han's mir do gloi dachd», hatte Steffi, eine resolute Schwäbin, bei der Vorstellungsrunde ausgerufen. Und mit diesem Satz waren auch die Hemmungen der anderen Damen gefallen. Ob sein Chef Dr. Schneider tatsächlich tot sei, ob Nils und die Kinderärztin Dr. Gutheil wieder zusammenkämen und ob der Pfleger Robert sein Glück endgültig bei der Patientin aus Zimmer 5 gefunden hätte, wollten sie wissen, und mein Freund beantwortete all ihre Fragen geduldig. Die Partner der Frauen blickten sich ratlos an. Sie schienen weder mit Nils' Namen noch mit seinem Gesicht etwas anfangen zu können, was sie mir sofort sympathisch machte. Schließlich hatte auch ich am Anfang unserer Bekanntschaft nicht die leiseste Ahnung gehabt, wer er war, als ich mir mit ihm einen Mietwagen nach Italien teilte.

Nachdem die Meditation endlich beendet war, ging Conny herum und drückte uns allen ein Blatt Papier und einen Stift in die Hand.

»Die letzten zwanzig Minuten schreibt ihr eurem Partner einen Brief, in dem ihr ihm all eure Wünsche und Ängste mitteilt, die euch derzeit beschäftigen.«

Entsetzt blickte ich auf die Uhr. Sorgen hatte ich mehr als genug. Aber mussten die denn unbedingt schriftlich fixiert werden? Und 20 Minuten …! Diese Zeit reichte mir, um meine Memoiren zu verfassen! Auch Nils starrte hilflos auf das leere Blatt vor sich.

Aber es half ja nichts. Ich schrieb, dass es mir vor den Schmerzen bei der Geburt graute. Schließlich war es mir in dieser Stunde genauso wenig wie in den letzten Sitzungen gelungen, meinen Körper von meinem Geist zu trennen. Ich fürchtete mich davor, dass etwas Unvorhergesehenes passierte, dass ich der Verantwortung für ein Kind nicht gewachsen war. Und ich wollte nicht, dass die Beziehung von Nils und mir sich zum Schlechten hin veränderte.

Was ich hoffte, war, dass das Glühwürmchen in meinem Bauch gesund zur Welt kam, dass ich ihm eine gute Mutter sein konnte, dass Nils und ich uns weiterhin so gut verstehen würden wie bisher, und - ich muss es gestehen! - ich wünschte mir auch, dass ich nie wieder einen so blöden Kurs besuchen musste. Das sollte jetzt aber wirklich reichen. Entschlossen legte ich den Stift beiseite. Auch Nils war bereits fertig. Er hatte, wie ich erkennen konnte, lediglich einen kurzen Satz auf seinem Blatt stehen. Die anderen Paare kritzelten jedoch immer noch vor sich hin, als gäbe es kein Morgen. Sprachen die niemals miteinander? Oder schrieben sie sich Abschiedsbriefe?

Im Auto atmete ich erleichtert auf. »So, das ist auch erledigt.« Ich kramte in meiner Handtasche mein Notizbuch mit der To-do-Liste hervor. Die meisten Punkte waren durchgestrichen. Auch viele von denen, die erst nach der Geburt anfielen. Ich hatte sogar schon einen PEKIP-Kurs gebucht und das Kleine zum Babyschwimmen angemeldet.

Ich liebte Listen. Sie gaben mir das Gefühl, vor den Widrigkeiten des Lebens gefeit zu sein. Und sie sorgten dafür, dass ich mich diszipliniert, durchsetzungsfähig und erfolgreich fühlte. Ich würde auf jeden Fall keine der kopflosen Schwangeren sein, die Hals über Kopf in die Klinik fuhren, um dort festzustellen, dass sie ihren Mutterpass oder ein paar dicke Socken vergessen hatten.

Meine Krankenhaustasche stand seit der 30. Schwangerschaftswoche gepackt neben meinem Bett. Nils und ich waren den Weg zur Klinik abgefahren und hatten sogar einige Alternativstrecken ausprobiert. Ich kontrollierte penibel, dass das Auto immer zu Dreiviertel vollgetankt war und ich hatte den möglichen Ablauf der Geburt in der Badewanne geprobt. Ja, ich fühlte mich gut vorbereitet. Meine Ängste und Sorgen waren also vollkommen unnötig.

»Darf ich deinen Brief lesen?«, fragte ich Nils. Mit dieser Aussicht hatte ich mich die letzte halbe Stunde des Kurses am Leben gehalten.

Doch er schüttelte den Kopf.

»Nein? Aber dafür war er doch gedacht.«

»Der Brief wird dein Weihnachtsgeschenk werden.« Nils grinste.

»Mein Weihnachtsgeschenk?«, wiederholte ich. »Wir haben doch ausgemacht, dass wir uns nichts schenken. Außerdem hast du nur einen einzigen Satz geschrieben.«

»Es ist nichts Materielles, sondern etwas Ideelles«, sagte Nils. »Und was den einen Satz angeht: Damit ist alles gesagt.« Er sah sehr zufrieden aus.

»Du hast es geschafft, in einem einzigen Satz alle Wünsche und Ängste auszudrücken, die dich bewegen? Viel kann das ja nicht sein … Dann darfst du meinen Brief auch nicht lesen«, entgegnete ich beleidigt. »Wird auch dein Weihnachtsgeschenk. Ich bin aber viel großzügiger als du. Auf meinem Blatt stehen nämlich sieben Sätze.«

Enttäuscht starrte ich nach vorn und beschloss, die restliche Fahrt nicht mehr mit ihm zu sprechen.

Doch Nils nahm lachend meine Hand. »Jetzt sei nicht böse auf mich. Du darfst ihn ja lesen. Aber erst am Heiligen Abend. Außerdem habe ich noch eine Überraschung für dich.«

»Welche?«, fragte ich misstrauisch. Seine letzte Überraschung war ein 3-D-Fernseher gewesen, inklusive Brillen, die wir nun jeden Abend beim Fernsehen aufsetzen mussten.

»Wir treffen uns morgen mit meinen Eltern.«

Mein Kopf ging ruckartig nach oben. »Die sind in Afrika.« Nils' Eltern hatten sich nämlich eine Auszeit genommen und waren auf Weltreise gegangen. Praktischerweise direkt, nachdem wir ein Paar geworden waren. War dieses Jahr etwa schon vorbei?

»Sie sind früher zurückgekommen. Wir gehen morgen mit ihnen zum Abendessen.«

Ich starrte ihn entsetzt an.

»Keine Angst, du weißt, dass mein Verhältnis zu ihnen auch nicht das Beste ist. Aber sie beißen nicht. Sie möchten nur die Frau kennenlernen, der es gelungen ist, mich einzufangen.«

»Waren das ihre Worte?«, fragte ich schwach.

Doch Nils ging nicht darauf ein. »Du wirst sehen: Alles wird total entspannt. Außerdem bist du nicht allein. Deine Eltern sind auch eingeladen.«

Nein! »Wissen sie schon von ihrem Glück?«

»Natürlich. Bevor wir zum Geburtsvorbereitungskurs gefahren sind, habe ich sie angerufen.«

»Übermorgen ist Weihnachten. Meine Mutter hat ein achtgängiges Menü geplant. Da ist ihr so ein Essen doch bestimmt viel zu stressig.«

»Ganz im Gegenteil. Sie war begeistert.«

Das war zu befürchten gewesen. »War es denn wirklich nötig, aus dem ersten Treffen mit deinen Eltern eine komplette Familienzusammenführung zu machen? Es fehlt nur noch, dass meine Schwestern und Opa Willy auch noch mit von der Partie sind.«

»Die habe ich beim nächsten Mal fest eingeplant.« Nils schmunzelte. »Und was deine Eltern angeht: Meine Mutter meinte, so ein Essen sei eine gute Gelegenheit, um gleich zu sehen, aus welchem Stall du kommst.«

»Das hat sie so aber nicht gesagt, oder?«, fragte ich empört. Männer! Wenn er mich mit dieser Aussage beruhigen wollte, war der Schuss gründlich nach hinten losgegangen.

Doch Nils lachte nur. Er führte meine Hand zu seinem Mund und gab mir einen Kuss darauf. »Jetzt reg' dich nicht auf. Meine Eltern sind ganz normale Menschen.«

Klar! Fast hätte ich gelacht. Nils' Eltern waren nicht normal. Sie waren Schauspieler. Und ziemlich bekannte noch dazu. Sie wirkten in Literaturverfilmungen, in monumentalen Dreiteilern und im Tatort mit. Und genau dort wollte ich sie sehen. Im Fernsehen. Sie auf der einen Seite des Bildschirms, ich auf der anderen. Und nicht bei einem gemeinsamen Abendessen. Bisher hatte ich die beiden Welten, aus denen Nils und ich stammten, wunderbar trennen können.

»Gut. Wo treffen wir uns mit ihnen?«, fragte ich schicksalsergeben.

»Um halb eins im Tantris.«

»Im Tantris?«

Die Talsohle war noch nicht erreicht.

»Ich bin so neidisch auf dich.« Fee bearbeitete meine Haare energisch mit einer Rundbürste. »Ich war noch nie im Tantris.«

Lilly seufzte. »Und ich erst. Schade, dass Nils' Eltern uns nicht eingeladen haben. Schließlich gehören wir als deine Schwestern auch zu dem Stall, aus dem du kommst. Aber wahrscheinlich wäre das Essen für neun Personen zu teuer geworden.«

»Zu teuer?« Mia, ihre Zwillingsschwester, verzog abwertend das Gesicht. »Das glaubst du doch selbst nicht. Solche Leute haben Geld wie Heu. Denen kommt es auf ein paar hundert Euro mehr oder weniger gar nicht an. Ich bin jedenfalls froh darüber, nicht in einen solchen Schicki-Micki-Schuppen zu müssen.«

»Und ich will dort auch nicht hin. Ich fühle mich für dieses Essen absolut unqualifiziert. Was ist, wenn Nils' Eltern enttäuscht von mir sind? Sie haben sich für ihren Sohn doch bestimmt eine Schwiegertochter erhofft, die ebenfalls aus ihrer Branche kommt und nicht eine, die für den Deutschen Gewerkschaftsbund arbeitet.«

»Ach Helga! Das ist doch Unsinn. Sie werden dich lieben. Jeder liebt dich«, sagte Fee. »Und ich verstehe nicht, warum du dich so aufregst. Du tust gerade so, als wärst du zu einem Staatsbankett bei Angela Merkel eingeladen.«

»Dort würde ich mich bedeutend wohler fühlen«, jammerte ich. »Zumindest wüsste ich, worüber ich mit all den Politikern reden könnte.«

»Ich nicht.« Fee kitzelte ihren Sohn Paul, der neben uns stand und uns fasziniert zuschaute, am Kinn. »Na, Paulchen, sieht die Tante nicht wunderschön aus?«, fragte sie ihn.

»Sag nicht Tante zu mir. Das hört sich uralt an«, knurrte ich.

»Aber du bist seine Tante«, widersprach sie. »Außerdem klingt Helga auch nicht wahnsinnig viel jugendlicher.« Dann trat sie einen Schritt zurück und betrachtete mich. »Gesicht und Frisur sind in Ordnung. Was willst du anziehen?«

»Etwas ganz Klassisches.« Ich stand auf und holte eine schwarze Hose mit elastischem Bund und ein längsgestreiftes graues Twin-Set aus dem Kleiderschrank hervor.

»Helga, ich bitte dich.« Fee sah mich herablassend an. »Du gehst auf keine Beerdigung.«

»Aber Längsstreifen machen schlank«, wandte ich ein.

»Das ist jetzt nicht dein Ernst, oder?«

»Es wäre zumindest einen Versuch wert«, entgegnete ich. »Aber gut! Was hältst du von der weißen Umstandsbluse?«

Lilly prustete los. »Super Idee! Wenn eine Kellnerin ausfällt, könntest du zumindest sofort einspringen.«

»Haha!« In meinem momentanen Zustand konnte ich über die Witze meiner Schwestern noch weniger lachen als sonst.

»Zieh das hier an!« Lilly hielt ein roséfarbenes Shirt mit V-Ausschnitt hoch.

»Nein.« Mia verzog das Gesicht. »Helga will schließlich von Nils' Eltern ernst genommen werden. Wenn sie rosa trägt, funktioniert das nicht.«

»Stimmt. Hast du noch etwas anderes?«, fragte mich Fee.

Das konnte ja heiter werden. In einer halben Stunde mussten Nils und ich losfahren.

»Ich habe den ganzen Schrank voller Kleider. Aber mir passt nichts mehr davon. Es sei denn, ich beschließe, bauchfrei und mit offener Hose ins Tantris zu gehen«, sagte ich resigniert. »Außerdem gefallen euch meine Sachen sowieso nicht.«

»Du sagst es.« Fee lächelte triumphierend. »Und genau deshalb habe ich auf dem Weg zu dir schnell noch etwas gekauft.«

Sie griff in ihre Riesentasche und zog einen dunkelblauen Blazer mit einem weiß-rot-blauen Wappen, eine dazu passende weiß-rot-blau gestreifte Bluse und eine helle Hose mit weichem Stretcheinsatz heraus. Die Preisschilder baumelten noch herunter.

»Was ist das denn?«, fragte ich entsetzt.

»Dein Outfit fürs Abendessen. Das ist etwas Klassisches. Das, was du dir zusammengestellt hast, ist einfach nur trostlos und langweilig.«

»Das ziehe ich nicht an.« Energisch schüttelte ich den Kopf. »Nils' Eltern werden denken, ich hätte einem Collegestudenten die Klamotten geklaut. Oder einem Matrosen«, fügte ich nach einem weiteren Blick auf die marineblau-gestreifte Kreation hinzu.

Lilly konnte sich ein Lachen nicht verkneifen. »Es ist bellybutton. Die Umstandsmodemarke der Stars.«

»Es ist total hässlich. Außerdem sind mir die Kleider zu eng. Das sehe ich sofort.«

»Garantiert nicht.« Fee schob mich energisch in Richtung Bad. »Pass nur auf, dass du dich beim Essen nicht bekleckerst, falls du die Sachen nicht behalten willst. Du hast 14 Tage Rückgaberecht.«

»Die Kleider sind also noch nicht einmal ein Geschenk?«

»Helga«, sagte Fee geduldig. »Wer von uns ist mit dem reichen Schauspieler zusammen? Du oder ich?«

»Es tut mir so leid, dass wir zu spät kommen.« Meine Eltern hatten kaum vor dem Münchner Nobelrestaurant geparkt, als Milla in ihrem kurzen Abendkleid hektisch auf mich zugestöckelt kam. »Der Karl-Heinz treibt mich zur Weißglut. Kein einziges sauberes Kleidungsstück hat er mehr im Schrank, seitdem er sich in seiner kreativen Phase befindet. Alles mit Farbe verschmiert.«

Ich musterte den Stein des Anstoßes in seinem schwarzen Anzug prüfend. Seit seinem Ruhestand probierte er sich in wöchentlich wechselnden Hobbys aus. »Aber irgendetwas muss er verschont haben. Nackt ist er schließlich nicht.«

»Wir waren gerade noch in der Stadt und haben ihm noch etwas gekauft. Und dann war der gnädige Herr sich auch noch zu fein, nach dem Weg zu fragen.«

»Ich hatte mir die Route auf Googlemaps angeschaut«, protestierte mein Vater.

»Geholfen hat dir das nicht«, keifte Milla. »Wenn ich nicht an einer Kreuzung einfach ausgestiegen wäre und nachgefragt hätte, würden wir immer noch hier herumirren.«

»Im Volvo wäre ein Navi gewesen. Aber du wolltest ja unbedingt mit dem Sportwagen fahren.«

»Der Volvo war total schmutzig. Da hätten wir ja toll ausgesehen zwischen all den feinen Autos.« Milla ließ ihren Blick über den Parkplatz gleiten.

Mein Vater zog die Augenbrauen zusammen und öffnete den Mund, um ebenfalls etwas zu erwidern, doch Nils machte mit seinen Händen das Time-out-Zeichen. »Lasst uns reingehen. Meine Eltern warten schon.«

Er legte den Arm um meinen Vater und schob ihn in Richtung Restaurant. Ich blieb mit meiner Mutter zurück.

»Schau doch mal, wie ich aussehe«, jammerte sie. »Als ich mich aus dem Auto gestürzt habe, bin ich mit der Strumpfhose hängen geblieben und habe eine Laufmasche.« Sie drehte sich um und zeigte auf ihre linke Wade.

»Du sitzt doch sowieso die ganze Zeit am Tisch. Es wird keinem auffallen«, versuchte ich Milla zu beruhigen. »Und auf dem Weg dorthin werde ich dich mit meinem Bauch abschirmen.«

»Aber meine Haare. Sie sind jetzt ganz zerzaust. Hast du einen Kamm bei dir?«

»Hatte ich das schon jemals?«, entgegnete ich genervt. Jemanden, der noch aufgeregter war als ich, konnte ich in dieser Situation wirklich nicht gebrauchen.

»Wenigstens sitzt mein Kleid gut. Ist es nicht schick? Ich habe es mir gestern extra noch bei C&A gekauft.«

»Es sieht toll an dir aus.« Das tat es wirklich.

Meine Mutter entspannte sich sichtlich. Zum Glück! Denn ich musste dringend noch etwas loswerden.

»Milla, kannst du mir einen Gefallen tun?« Seit ihrem fünfzigsten Geburtstag bestand meine Mutter darauf, dass meine Schwestern und ich sie beim Vornamen ansprachen.

»Welchen denn?« Ihre Augen rundeten sich.

»Dieses Treffen bedeutet mir sehr viel und ich möchte, dass Nils' Eltern einen möglichst guten Eindruck von uns allen haben. Bitte erzähl ihnen keine Anekdoten von mir als Kind oder Teenager. Du weißt, was ich meine. Sie müssen nicht unbedingt wissen, dass ich als Kind jahrelang einen Sprachfehler hatte oder dass ich, bis ich sechzehn war, nur schlafen konnte, wenn ich den Stummelschwanz meines Teddybären in der Hand hielt.«

»Aber das ist doch lustig.«

Ich seufzte. »Ich wusste, dass du das sagst. Und genau deswegen bitte ich dich darum, solche Sachen nicht zu erwähnen. Außerdem …«, ich räusperte mich, »wäre ich dir wirklich dankbar, wenn du versuchst, Themen zu vermeiden, die irgendetwas mit Politik oder Geographie zu tun haben. Und dass du als Energietherapeutin arbeitest und mit Engeln sprichst, müssen Nils' Eltern auch nicht unbedingt wissen.«

»Ach!« Milla riss ihre Augen noch weiter auf. »Bin ich dir etwa peinlich?«

»Natürlich nicht. Du bist toll. Die allerbeste Mutter der Welt. Aber Nils' Eltern sind doch bestimmt total spießig und sie könnten dich vielleicht ein wenig seltsam finden, wenn du mit ihnen über solche Dinge redest.« Ach herrje, ich redete mich gerade um Kopf und Kragen. Warum hatte ich mir vorher nicht genau überlegt, was ich ihr sagen wollte. Sonst plante ich doch auch immer alles.

»Du schämst dich für mich«, stellte Milla fest.

»Nein. Ich möchte nur nicht ...«

»Keine Sorge. Ich werde dich nicht blamieren.«

Ich schloss die Augen. Warum hatte ich überhaupt etwas gesagt? Ich wollte sie doch nicht verletzen. Ich wünschte mir nur, dass meine Eltern und ich uns von der besten Seite präsentierten. Und das taten wir nicht, wenn meine Mutter erzählte, dass sie als erklärter Italien-Fan von einem Urlaub auf Korsika träumte oder ihnen verriet, dass ich als Kind jahrelang einen Sprachfehler gehabt hatte und immer »auf meinem Loller durch die Gegend geschlitzt war«. Das musste Milla doch verstehen.

Doch das tat sie nicht. Verbissen presste sie die Lippen zusammen und stöckelte Nils und meinem Vater hinterher, ohne mich auch nur eines einzigen Blickes zu würdigen. Ich folgte ihr in sicherer Entfernung. Kaum hatte sie das Restaurant betreten, blieb sie allerdings so abrupt stehen, dass ich mit meinem monströsen Bauch gegen sie prallte.

Nils' Eltern standen neben einem runden Tisch in einem der hinteren Bereiche des Restaurants. Sie trugen beide dünne Pullover, Jeans und – teuer aussehende Turnschuhe. Auch bei den anderen Gästen suchte man

Abendkleider und dunkle Anzüge vergebens. Hilfesuchend sah Milla sich nach meinem Vater um, doch der starrte krampfhaft auf seine frisch polierten Halbschuhe.

»Da seid ihr ja.« Bernd reichte uns die Hand. Seinem Sohn schlug er kumpelhaft auf die Schulter.

Auch Katharina erhob sich und drückte meine Eltern und mich an sich. »Wie schön, euch alle endlich kennenzulernen«, sagte sie. »Vor allem die Frau, der es gelungen ist, meinen Sohn zu zähmen.« Sie hielt mich auf eine Armlänge entfernt und musterte mich eingehend.

Dann wuschelte Nils' Mutter besagtem Sohn durch die Haare. »Gut siehst du aus. Das Familienleben bekommt dir.« Sie wandte sich wieder an mich. »Und ich freue mich ja so auf mein Enkelkind. Ihr müsst mir alles erzählen. Nils hat gesagt, dass ihr euch überraschen lassen möchtet, ob es ein Junge oder ein Mädchen wird.«

»Lasst uns zuerst anstoßen.« Nils' Vater winkte einen der unzähligen Kellner zu sich heran. »Eine Flasche Champagner«, orderte er.

»Mir bitte nur einen alkoholfreien Cocktail«, warf ich ein.

»Meine Güte! Was haben Sie nur für ein schickes Kleid an. Es sieht traumhaft an Ihnen aus«, sagte Katharina zu meiner Mutter. »Von welchem Designer stammt es?«

Meine Mutter wurde blass. Zum Glück brachte der Kellner in diesem Moment die Getränke und wir stießen an.

»Meine Tochter hat mir erzählt, dass Sie das letzte Jahr gereist sind. Wo waren sie überall?« Nachdem wir unsere Gläser abgestellt hatten, versuchte Milla, das Gespräch so schnell wie möglich von dem Hersteller ihres Kleides wegzulenken.

»Ach, lassen Sie uns nicht sofort über uns reden. Das tun wir sonst sowieso schon den ganzen Tag», wiegelte Katharina ab. »Erzählen Sie mir lieber etwas von sich. Was machen Sie beruflich?«

»Beruflich ...«, wiederholte Milla gedehnt. Sie sah mich unsicher an. Ich zuckte unbehaglich mit den Schultern.

»Ich, also ich ..., ich bin Hausfrau.«

»Und Ihr Mann?«, fragte Katharina Milla, da mein Vater und Bernd ein Gespräch über Golf begonnen hatten.

»Mein Mann, ja, der ist auch zu Hause. Er hat seine Steuerberaterkanzlei vor einem Jahr aufgegeben und ist in den Ruhestand getreten.«

»Wie schön! Dann haben Sie beide ja jede Menge Zeit füreinander. Bernd und ich denken auch darüber nach, uns in ein paar Jahren aus dem Showgeschäft zurückziehen«, sagte Katharina. »Die Weltreise hat uns deutlich gemacht, dass das Leben nicht nur aus Arbeit besteht.«

Nils verzog seine Lippen zu einem zynischen Lächeln. »Ach! Schade, dass diese Erkenntnis nicht bereits in euch erwacht ist, als ich 10 war.«

»Nils, Liebling, du hattest schon immer einen Hang zum Theatralischen. Wahrscheinlich haben dein Vater und ich dir das vererbt.« Seine Mutter lachte geziert, doch ihr vorher noch so freundliches Gesicht war zur Maske erstarrt.

Wundervoll! Dieses erste Kennenlernen war bisher sowieso ein einziges Minenfeld gewesen und nun musste mein Freund auch noch eine Handgranate fallen lassen. Ich sollte doch über den Champagner nachdenken. Solange wie ich schon nichts mehr getrunken hatte, genügte wohl ein winziger Schluck, um mir dieses Essen schön zu trinken. Aber leider war ich viel zu vernünftig dazu, wodurch mir nichts anders übrig blieb, als der Realität ins Auge zu blicken. Und die sah ziemlich grau aus. Nils starrte an einen unbestimmten Fleck an der Wand, Katharina musterte ihr Besteck mit eisiger Miene und auch das Golf-Thema, dem sich Milla spontan angeschlossen hatte, versiegte schließlich. Alle schwiegen und hielten sich an ihren Gläsern fest. Daran änderte auch die zweite Flasche Champagner nichts, die Bernd bestellt hatte. Und je länger die Stille andauerte, desto unbehaglicher wurde sie. Irgendwann hielt ich es nicht mehr aus und stand auf.

»Ich möchte einen Toast aussprechen.«

Der Überraschungseffekt war auf meiner Seite. Alle Köpfe schnellten in meine Richtung.

»Ich freue mich, dass wir alle zusammen hier in diesem schönen Restaurant sind. Und …« Erwartungsvolle Blicke. Ja, und was? Ich musste improvisieren. »… und ihr könnt euch gar nicht vorstellen, wie viel es mir bedeutet, dass ich heute die Großeltern meines Kindes und die Eltern meines Freundes näher kennenlerne. Katharina und Bernd«, ich hob meinen alkoholfreien Cocktail in die Höhe, »schön, dass ich nun Teil eurer Familie sein darf.«

»Amen«, murmelte Nils und ich musste ihm leider beipflichten.

»Darauf lasst uns trinken. Auf unsere Familie!«, sagte ich, um so schnell wie möglich wieder Platz nehmen zu können.

»Auf unsere Familie!«, wiederholten Katharina, Bernd und meine Eltern. Nils grinste.

Mit hochrotem Gesicht setzte ich mich. Ich rutschte ein Stück auf meinem Stuhl nach vorne und versuchte, meinen Blazer auszuziehen. Nach dieser Rede war mir noch heißer als vorher. Meinen linken Arm hatte ich bereits rausgewunden. Doch ich konnte ihn mir nicht von den Schultern streifen. Irgendwo im Bereich meines Nackens hing er fest.

»Warte!« Bernd hatte meine komischen Verrenkungen gemerkt und war, ganz Gentleman, aufgestanden, um mir zu helfen. Beherzt zog er an der Jacke.

Ritsch! Ich spürte, wie etwas an meinem Rücken heruntterglitt. Neiiiin! Die Preisschilder und Etiketten. An die hatte ich gar nicht mehr gedacht. Sie lagen neben dem Tütchen mit dem Ersatzknopf auf dem Boden. Bernd blickte verwirrt nach unten. Nils ließ geistesgegenwärtig seinen Fuß vorschnellen und kickte alles unter den Tisch. Augenblicklich verzieh ich ihm seine blöde Bemerkung gegenüber seiner Mutter und warf ihm einen dankbaren Blick zu. Mein Gott! Dieser Abend war die Hölle. Ich beschloss, mir einzubilden, dass in meinem Cocktail eine riesige Menge Alkohol enthalten war, und wollte gerade danach greifen, als mich ein plötzlicher Schmerz im Rücken zusammenzucken ließ.

»Was ist?«, fragte Nils.

»Nichts. Mich hat nur etwas gezwickt.« Ich massierte die schmerzende Stelle mit beiden Händen.

»Es geht los!« Milla fuhr hoch.

»Ich habe erst in zwei Wochen Termin«, wiegelte ich ab. »Du kannst dich wieder hinsetzen.«

»Du bist auch zehn Tage zu früh gekommen.«

»Dieses Baby wird nicht zu früh kommen«, sagte ich mit zusammengebissenen Zähnen.

Zwei Kellner kamen und stellten Teller vor uns ab.

»Ein Gruß aus der Küche. Wachteleier an Tomatenmus«, erklärte der Ältere von beiden. Doch niemand beachtete ihn.

»Hm, das sieht ja lecker aus«, rief ich betont munter, um die Aufmerksamkeit von mir weg zu lenken. »Ich habe einen Riesenhunger.« Ich tauchte eines der winzigen Eier in das cremige Mus. Doch ich schaffte es nicht, den Bissen zum Mund zu führen. Mein Körper fühlte sich an, als ob er jeden Moment in zwei Teile brechen würde. Schweißperlen traten mir auf die Stirn, und Nils und meine Mutter musterten mich besorgt.

»Entschuldigt mich bitte.« Ich ließ die Gabel fallen und stand auf, um zur Toilette zu fliehen. Zumindest wollte ich fliehen. Doch als ich in die Senkrechte kam, wurde der Krampf so unerträglich, dass ich zusammensackte und mich auf der Tischplatte abstützen musste.

Nils schoss nach oben und stützte mich. Auch Milla sprang erneut auf.

»Karl-Heinz, hol unsere Jacken! Wir fahren Helga ins Krankenhaus«, rief sie.

»Wenn ich wirklich Wehen hätte, würden die Schmerzen doch zwischendurch aufhören«, entgegnete ich, obwohl auch ich langsam Zweifel daran bekam, dass das Baby sich an seinen Termin halten würde. Nein! Das durfte nicht sein. Ich hatte weder die Kliniktasche noch das Notizbuch mit der To-do-Liste dabei. Und es war nicht akzeptabel, dass meine akribischen Vorbereitungen für die Katz' sein sollten. Das Baby musste drin bleiben. Zumindest, bis ich Tasche und Notizbuch von zu Hause abgeholt hatte.

»Es ist eher eine Art Dauerschmerz«, versuchte ich meinen Zustand zu erklären.

»Dann kommen deine Wehen bereits so dicht aufeinander, dass es keine Pausen mehr gibt«, stellte Katharina nüchtern fest. »Es wird höchste Zeit.« Sie winkte einen der Kellner zu sich heran. »Rufen Sie uns ein Sammeltaxi. Meine Schwiegertochter bekommt ihr Baby. Bernd! Bezahl die Rechnung!«

»Ihr müsst nicht mitfahren. Selbst wenn ich Wehen habe, kann es noch ewig dauern, bis das Baby kommt«, protestierte ich.

»Bei Fee und dir ging alles sehr schnell. Dein Vater und ich haben es beide Male kaum ins Krankenhaus geschafft«, widersprach Milla. »Lediglich die Zwillinge ließen auf sich warten.«

»Ihr müsst trotzdem nicht mitkommen. Nils kann mich fahren. Oder?« Ich blickte meinen Freund hilfesuchend an.

Doch der stand mit blassem Gesicht neben mir und kramte mit zittrigen Händen seine Zigaretten aus der Jeans. »Aber wir haben doch noch gar nicht aufgegessen«, stammelte er.

Wunderbar! Von seiner Seite war also keine Hilfe zu erwarten. Und Katharina schob mich mit meinem Mantel unter dem Arm bereits zum Ausgang.

»Gut!«, sagte ich schicksalsergeben. Sollte ich im Taxi niederkommen, waren zumindest eine ganze Menge Helfer zur Stelle.

»Wartet auf mich!«, rief Milla uns hinterher. »Ich nehme den Champagner mit.«

Die Stimmung war fast ein bisschen wie auf einer Party, als ich zwei Stunden später genauso dick wie vorher mit Nils den Aufenthaltsraum der Entbindungsstation betrat. Die Champagnerflasche aus dem Tantris stand leer auf einem niedrigen Tisch und sie hatte Gesellschaft von mehreren Piccoloflaschen bekommen. Unsere Eltern hingen lachend und sichtlich derangiert mit Plastikbechern in der Hand auf einer Sitzgruppe. Doch ihre Ausgelassenheit schlug augenblicklich in gespenstige Stille um, als sie uns bemerkten. Alle Blicke wanderten zu meiner

Leibesmitte und ich konnte ein enttäuschtes Ausatmen hören.

»Ich habe euch doch gesagt, dass es blinder Alarm war«, verteidigte ich mich.

»Das Baby kommt doch noch nicht?«, fragte meine Mutter mit schwerer Zunge.

Ich schüttelte den Kopf. »Nein, es waren nur die Mutterbänder. Ich habe ein krampflösendes Mittel bekommen und nun sind die Schmerzen weg.«

»Ach, wie schade«, sagte Katharina. Auch ihre Ausdrucksweise war nicht mehr ganz so deutlich wie vorher. »Wir hatten uns schon Namen für das Baby überlegt. Wenn es ein Junge wird, fände ich Noah sehr schön. Und mit zweitem Namen muss er Ludwig heißen. Das ist in Bernds Familie schon seit Generationen Tradition.«

»Du heißt Nils Ludwig?« Ich schaute meinen Freund an.

Er nickte verlegen und meine Mundwinkel bogen sich nach oben. »Das hast du mir noch gar nicht erzählt.« Doch dann fiel mir ein, dass ich beziehungsweise unser Kind von dieser Tradition direkt betroffen sein könnte, und das Lachen verging mir.

»Vielleicht bekommt ihr ja ein Mädchen«, tröstete mich Milla. Sie seufzte laut. »Ach, wie schade! Ich hatte mich schon so auf das Baby gefreut.«

»Es tut uns wirklich leid, dass ihr völlig umsonst hier im Krankenhaus auf uns gewartet habt.« Nils zuckte bedauernd mit den Schultern.

»Nicht so schlimm!« Milla füllte die leeren Becher großzügig nach. »Wir haben die Wartezeit gut überbrückt.«

»Und viele Gemeinsamkeiten entdeckt», fügte Katharina hinzu. »Deine Mutter hat jeden meiner Filme gesehen.«

Wahnsinn! Ich konnte mir das Lachen kaum verkneifen. In dem Fall verband mich mit dem britischen Musiker Sting vielleicht ebenfalls ein geistiges Band. Schließlich hatte ich alle seine Lieder gehört.

Doch Milla nickte stolz. »Ja, wir verstehen uns super. Und deswegen werden wir Heiligabend alle gemeinsam bei uns zu Hause feiern. Ist das nicht toll?«

Sie prosteten sich zu und kicherten.

Ach nein! Nicht auch noch das!

»Auf die Familie!«, sagte Nils und griff nach einer halbvollen Piccoloflasche.

»Findest du es nicht etwas übertrieben, die Kliniktasche mit zu deinen Eltern zu nehmen?«, fragte Nils, als wir einen Tag später nebeneinander im Auto saßen.

»Nach dem gestrigen Erlebnis gehe ich ohne das Ding nirgendwo mehr hin.«

»Auch nicht zum Einkaufen?«

»Auch nicht zum Einkaufen.« Ich verdrehte die Augen. »Glaub' ja nicht, dass ich es nicht bemerke, wie du versuchst, Zeit zu schinden. Aber wir müssen jetzt wirklich los. In einer Stunde gibt es Essen.«

»Ich hoffe, du weißt, dass ich mich nur dir zuliebe auf dieses Familienweihnachtsfest einlasse«, murrte Nils.

»Natürlich weiß ich das.« Ich strich ihm über die Wange. »Aber es wird bestimmt schön heute Abend, und eigentlich ist es doch viel lustiger, Weihnachten zusammen mit der Familie zu feiern als nur zu zweit.«

»Finde ich nicht.« Nils verschränkte stur seine Arme vor der Brust. »Vor allem, weil wir die nächsten zwanzig Jahre garantiert nicht mehr die Gelegenheit dazu bekommen.«

»Ach Nils, jetzt hör' auf herumzujammern und fahr' endlich!« Langsam wurde ich ungeduldig. Außerdem bereitete mir das lange Sitzen Probleme. Schon den ganzen Tag über hatte ich Schmerzen und mein Bauch zog sich in regelmäßigen Abständen zusammen, wurde hart und prall wie ein zu fest aufgeblasener Medizinball. »Wir bleiben auch nicht so lange. Versprochen!« Ich beugte mich, so gut es mit meiner dicken Leibesmitte möglich war, zu Nils herüber, um ihn einen Kuss auf die Wange zu drücken. Doch kurz bevor meine Lippen sein Gesicht berührten, machte etwas »Plopp«. Im nächsten Moment spürte ich, wie eine warme, feuchte Flüssigkeit aus mir herausrann. Ich fuhr zurück.

»Ist was?«, fragte Nils irritiert.

»Ich bin mir nicht sicher«, antwortete ich langsam. »Entweder ich habe mir in die Hose gemacht - und das will ich wirklich nicht hoffen - oder …«

Dieser Gedanke war zu schrecklich, um ihn laut zu äußeren.

»Oder was?« Nils' Stimme klang panisch.

»Oder ich hatte gerade einen vorzeitigen Blasensprung.«

»Ich hatte befürchtet, dass du das sagst.« Nils ließ seinen Kopf auf das Lenkrad sinken. »Die Ledersitze … Und es ist Weihnachten.«

Ich wusste nicht, ob ich lachen oder weinen sollte. »Ich denke, das ist jetzt unser kleinstes Problem«, entgegnete ich. »Wir müssen ins Krankenhaus fahren.«

Nils setzte sich wieder aufrecht hin. Seine Hände krallten sich so fest um das Lenkrad, dass die Fingerknöchel weiß hervortraten. Auch aus seinem Gesicht war jegliche Farbe gewichen. »Gut. Krankenhaus. Kein Problem. Die Tasche haben wir ja zum Glück schon dabei.«

Er drehte den Zündschlüssel rum und legte krachend den Rückwärtsgang ein. Der Wagen schoss zurück.

»Stopp!«

Nils stieg auf die Bremse. »Was ist?«, fragte er.

»Ich glaube, dass ich mich hinlegen muss.« Ich zog das Notizbuch aus meiner Tasche hervor und las hektisch die To-do-Liste durch. Da stand es. Vorzeitiger Blasensprung. Ich stöhnte auf. »Es stimmt. Du musst mir helfen, den Sitz zurückzuklappen.«

»Aber das geht nicht«, sagte Nils hilflos.

»Warum nicht?«, fragte ich ungehalten. »Hast du Angst, dass ich deinen Porsche schmutzig mache?« In meinem Bauch machte sich ein fieses Ziehen breit, das von Minute zu Minute stärker wurde.

»Das Auto hat keine Rückbank. Wo bitte soll ich den Sitz denn hinklappen?«

Natürlich hatte das Auto keine. Panik stieg in mir auf. Jetzt nur nicht die Nerven verlieren! »Hilf mir heraus und leg meinen Mantel auf den Boden. Ich knie mich drauf.«

»Hier in der Tiefgarage?», stotterte Nils.

»Hier ist nun einmal kein Sofa!«, schrie ich ihn an. »Himmel Herrgott! Ich kann ja verstehen, dass du aufgeregt bist. Aber es ist auch meine erste Geburt.«

Mein Rüffel wirkte. Denn Nils bewegte sich tatsächlich und zog mich aus dem Auto.

Schwer atmend kniete ich mich auf den Mantel. »Sag meinen Eltern Bescheid, dass sie ohne uns feiern müssen. Überleg dir aber eine Begründung, die sie nicht so sehr besorgt, dass sie vorbeikommen. Ich frage Conny in der Zwischenzeit, was wir jetzt machen sollen.« Nils reichte mir sein Handy und ich wählte ihre Nummer.

Zum Glück hob meine Hebamme direkt ab.

»Hast du Wehen?«, fragte Conny.

Ich nickte mit schmerzverzerrtem Gesicht. Doch dann fiel mir ein, dass sie mich ja nicht sehen konnte und ich presste ein keuchendes »Ja« hervor.

»Ruf einen Krankenwagen! Ich komme, so schnell ich kann und fahre mit.«

»Das ist nicht nötig«, protestierte ich. »Heute ist schließlich …« Doch Conny hatte bereits aufgelegt.

»Was ist?«, fragte Nils.

»Wir müssen einen Krankenwagen rufen.«

»Natürlich. Sofort.« Er nahm mir das Telefon aus der Hand und tippte darauf herum.

»Was machst du?«, fragte ich.

»Ich such' nach der Nummer des Notrufs.«

»Aber die weiß man doch. 112.«

»Sie ist mir gerade nicht eingefallen.«

»Hoffentlich beeilt sich der Krankenwagen«, stöhnte ich. »Conny kann jeden Moment auf der Bildfläche erscheinen. Und ich will sie im Krankenhaus nicht dabei haben. Ich wollte doch nur einen Tipp von ihr.«

»Sie ist deine Hebamme.« Nils hielt das Handy an sein Ohr.

»Aber doch nur, weil Milla mit ihr befreundet ist. Freiwillig hätte ich mir so jemand wie sie nie ausgesucht«, jammerte ich. »Ich schwöre dir, wenn sie nur einmal das Wort Chakra benutzt, …«

»So ein Mist! Beim Notdienst ist besetzt«, unterbrach mich Nils.

»Das kann nicht sein.« Ich nahm ihm das Handy ab und starrte auf das Display. »Ach Nils! Du hast 1122 gewählt.«

Ich gab die korrekte Nummer ein und bereits nach wenigen Sekunden hatte ich den Krankenwagen bestellt.

»Es tut mir leid«, sagte Nils. Er kniete sich neben mich und zog mich an sich. »Ich bin dir keine große Hilfe.«

»Doch das bist du. Allein dadurch, dass du da bist.« Erschöpft ließ ich meinen Kopf auf seinen Schoß sinken. Diese Schmerzen vernebelten mir den Verstand. Gegen sie waren die Krämpfe von gestern Abend eine harmlose Streichelmassage gewesen.

Nils wiegte mich hin und her wie ein kleines Kind. Ich schluchzte auf. So hatte ich mir das Ganze nicht vorgestellt. Normalerweise sollte ich jetzt in der Klinik in Starnberg sein. Im Kreißsaal, von dem man auf den See blicken konnte. Ich wollte eine Wassergeburt. Und nun verlief überhaupt nichts nach Plan. Die Wehen kamen in immer kürzeren Abständen. Und das Schlimmste: Es gab keine Pausen. Sobald eine Schmerzwelle abebbte, näherte sich die nächste, sodass mir kaum Zeit zum Verschnaufen blieb.

»Der Krankenwagen kommt bestimmt gleich«, tröstete mich Nils.

Kurz darauf hörte ich draußen vor unserem Haus Bremsen quietschen. Ein paar Sekunden später kam Conny mit fliegenden Dreadlocks und einer Tasche am Arm in die Tiefgarage gesprintet. Sie nahm mir die Decke vom Rücken, warf erst einen prüfenden Blick in mein Gesicht, dann auf meinen Bauch. Was sie sah, schien ihr zu genügen.

»Wir müssen sie in die Wohnung bringen.«

»Ich habe den Krankenwagen gerufen«, warf Nils ein.

»Dazu ist es zu spät. Sie hat ja bereits Presswehen. -

»Kannst du aufstehen?« Conny wandte sich an mich.

»Nein. Und ich gehe nirgendwo hin. Ich warte hier, bis der Krankenwagen kommt und mich in die Klinik bringt.« Eigensinnig presste ich die Lippen zusammen und drehte den Kopf weg, um meinen Einwand zu verstärken.

Doch Conny ignorierte mich. »Wir müssen sie tragen«, sagte sie zu Nils. Gemeinsam zogen sich mich hoch.

Der Weg zur Wohnung war die Hölle. Alle paar Meter mussten wir stehen bleiben, weil die Wehen mit voller Wucht durch meinen Körper jagten und mir den Atem nahmen. Oben angekommen legten Nils und Conny mich wie einen nassen Sack auf dem Sofa ab. Im gleichen Moment hörte ich das Tatütata des Krankenwagens. Vielleicht war es doch noch nicht zu spät. Ich versuchte, mich nach oben zu stemmen, doch der Druck in meinem Beckenbereich machte jede Bewegung unmöglich. Es klingelte an der Tür.

»Sagen Sie den Sanitätern Bescheid, dass sie hochkommen sollen. Und wir brauchen eine weiche Unterlage«, wies Conny Nils an. »Ich reinige die Wohnung in der Zwischenzeit von schlechten Einflüssen.«

»Untersteh' dich, Räucherstäbchen anzuzünden«, zischte ich.

»Dann hole ich aber zumindest die Geburtskerze, die wir im Kurs gebastelt haben. Wo ist sie?«

»Die will ich auch nicht«, zeterte ich. »Das Einzige, was ich will, ist, dass diese verdammten Schmerzen weggehen.« Wenn die Geburt in verschiedene Phasen eingeteilt war, so befand ich mich wahrscheinlich gerade im aggressiven Teil. Ich wusste, dass ich mich daneben benahm, doch es war mir egal. Scheißegal.

»Sie haben alles im Griff?«, fragte eine dunkle Stimme und ich sah ein paar Beine, die in einer weißen Hose steckten, neben mir auftauchen.

»Natürlich«, antwortete Conny. »Sie können mir aber helfen, die junge Frau auf die Unterlage zu legen.« Die Gesichter der Sanitäter schoben sich in mein Blickfeld. Oh Gott! Der eine sah aus wie Frank, der Schrank, der Mann, der ein Stockwerk über uns wohnte, und der andere wie Horst Seehofer. Hoffentlich trübten die Wehen meine Wahrnehmungsfähigkeit.

Die Männer zerrten mich auf die Decken, die Nils mittlerweile auf den Boden gelegt hatte.

»Wir müssen dich ausziehen. Kannst du das Gesäß anheben?«, fragte mich Conny.

»Nein«, keuchte ich.

»Dann brauchen wir ein paar starke Männer«, sagte sie zu den Sanitätern.

Sie versuchten, mich unter der Hüfte zu packen, aber ich schlug wild um mich.

»Jetzt lass dir doch helfen, Süße«, sagte Nils und kniete sich neben mich.

»Es geht nicht. Das Baby kommt.« Die Schmerzen in meinem Bauch waren weg, doch an ihre Stelle war ein unglaublicher Druck getreten.

»Gut, wir schneiden die Hose auf.« Langsam schien auch Conny hektisch zu werden.

Ich spürte, wie etwas Kaltes an meinem Unterleib entlangfuhr, im nächsten Moment wurde mir Stoff über meine Oberschenkel gestreift. Horst Seehofer, Frank, der Schrank … Doch ich kam nicht dazu, weiter über meine entwürdigende Situation nachzudenken.

»Ich muss pressen!«, schrie ich. Der Druck war nun so groß, dass ich ihn kaum noch ertragen konnte.

»Nicht pressen, schieben. So wie wir es im Geburtsvorbereitungskurs gelernt haben«, wies Conny an.

»Ich will aber pressen.« Ich klammerte mich an Nils' Arm fest und presste mit aller Gewalt.

»Noch einmal«, wies Conny an. »Und noch einmal.«

»Ich kann nicht mehr«, jammerte ich.

»Doch du kannst noch.« Connys Stimme klang bestimmt.

»Du machst das ganz toll«, sagte Nils und strich mir über die Wange.

»Sprich nicht mit mir, als wäre ich ein kleines Kind«, fauchte ich ihn an.

»Gleich noch einmal schieben«, sagte Conny.

Schieben, was war das nur für ein bescheuertes Wort. Ich würde nicht schieben, ich würde pressen. Einmal, zweimal, dreimal. »Es geht wirklich nicht mehr.« Mein Kopf sank kraftlos zurück.

»Ich kann schon die Haare sehen.« Conny legte meine Hand zwischen meine Beine und tatsächlich … Da war etwas Glattes, Feuchtes. Ich presste noch einmal. Dieses Mal mit voller Kraft, die sich in einem gigantischen Schrei entlud. Ich spürte, wie etwas aus mir herausglitt. Etwas, das einen wütenden Laut von sich gab.

Im nächsten Moment legte Conny mir ein warmes Bündel in den Arm. »Herzlichen Glückwunsch, Helga. Du hast eine kleine Tochter.« Sie strich mir die nassen Haare aus der Stirn.

Völlig entkräftet starrte ich das Wesen auf meinem Bauch an. Es schien genauso erschöpft wie ich und schrie wie am Spieß. Die ganze Situation war surreal. Konnte das wirklich mein Kind sein? Vorsichtig berührte ich seine winzige Hand. Sofort schloss sie sich um meinen Zeigefinger.

»Mathilda«, sagte ich zärtlich. Mir traten die Tränen in die Augen.

Nachdem Conny das Baby mit trockenen Tüchern abgewischt und es untersucht hatte, blieb sie noch einige Zeit bei uns. Da kein neuer Notfall auf sie wartete, leisteten uns auch die beiden Sanitäter einige Minuten Gesellschaft. Nils hatte eine Schale mit Plätzchen auf den Tisch gestellt und Weihnachtsmusik angemacht. Conny und er stießen mit Sekt an, die Sanitäter und ich mit Tee. Die beiden konnten es immer noch nicht so fassen, dass sie gerade am Heiligen Abend bei einer Hausgeburt assistiert hatten.

»Wie ein kleines Jesuskind«, sagte Frank, der Schrank, und strich mit seinen riesigen Pranken über Mathildas Köpfchen.

Das Telefon klingelte. Nils drückte auf die Lautsprechertaste.

»Ja.«

»Frohe Weihnachten«, zwitscherte meine Mutter. »Ich hoffe, dein Durchfall ist weg.«

Ich sah Nils mit erhobenen Augenbrauen an. Nils zuckte mit den Schultern. »Etwas Besseres ist mir auf die Schnelle nicht eingefallen«, wisperte er. Dann sagte er laut: »Er ist weg. Genauso wie Helgas riesiger Bauch.«

»Willst du mich veräppeln?«, fragte Milla.

»Nein. Es stimmt.« Nils lachte.

»Heißt das …?«, stotterte Milla.

»Ja. Ihr seid Großeltern von einer Mathilda.«

»Großeltern«, wiederholte sie. Hinter ihr brach orkanartiges Geschrei los und ein Gerangel um den Hörer begann.

Fee gewann. »Das Baby … Euer Baby ist da … Mathilda … Paul, du hast eine Cousine.« Sie fing an zu weinen.

Zwei Stunden später saßen Nils und ich mit der Kleinen allein auf der Couch und Nils hielt mir einen Umschlag vor die Nase. »Jetzt kann ich dir endlich dein Geschenk geben.«

Ich schaute ihn fragend an.

»Na, den Brief, den wir im Geburtsvorbereitungskurs schreiben sollten.« Plötzlich wirkte er nervös.

»Stimmt. Der Brief. Daran habe ich überhaupt nicht mehr gedacht.« Lag der Geburtsvorbereitungskurs wirklich erst zwei Tage zurück?

Ich öffnete den Umschlag und zog ein weißes Blatt Papier raus. Nils hatte es tatsächlich bei dem einen Satz belassen.

Heirate mich!

Mein Herz klopfte hart gegen meinen Brustkorb und die Worte begannen, vor meinen Augen zu verschwimmen.

»Das wünschst du dir also? Dass ich dich heirate«, sagte ich langsam, als ich wieder einigermaßen klar denken konnte.

Nils nickte. »Sonst hätte ich dich nicht gefragt.«

»Nun ja, eine Frage ist es ja nicht. Eher eine Forderung.« Ich lächelte. »Außerdem hast du Connys Aufgabe nur zum Teil erfüllt.«

»Nein, habe ich nicht.«

»Ich sehe hier nur einen Wunsch. Aber du hast nichts über deine Ängste geschrieben.«

»Die stehen indirekt auch da.«

»Aha, und wovor hast du Angst?«

»Na davor, dass du Nein sagst.« Nils grinste verlegen.

Ich schaute in seine grünen Augen und dann auf die To-do-Liste, die neben mir auf der Couch lag. Darauf stand ganz genau, was ich nach der Geburt alles zu beachten hatte. Wie ich das Baby füttern, baden, wickeln und beruhigen sollte. Unauffällig zerknüllte ich sie in meiner Hand und beschloss, sie zusammen mit dem Brief, den ich Nils im Geburtsvorbereitungskurs geschrieben hatte, in den nächsten Tagen in den Ofen zu werfen.

Auf manche Dinge kann man sich vorbereiten. Auf Prüfungen und Bewerbungsgespräche zum Beispiel, auf Wochenendeinkäufe oder irgendwelche Theaterrollen. Aber wenn ich mich recht entsinne, hat das Leben trotz meiner ganzen Listen meistens sowieso mit mir gemacht, was es wollte. Ich musste Umwege in Kauf nehmen, über so manche hohe Mauer klettern und war in Sackgassen gelandet. Aber letztendlich hatte es mich genau dorthin gebracht, wo ich hingehörte. Zu Nils. Und der wollte eine Antwort.

»Was sagst du?« Er schaute mich erwartungsvoll an.

Ich schmiegte mich fest an ihn. »Natürlich will ich«, flüsterte ich in die Beuge seines Halses. »Deine Sorgen waren absolut unbegründet.«

Genau wie meine, fügte ich in Gedanken hinzu und drückte ihn ein wenig fester an mich. Wobei mir ehrlich gesagt vor der Rückbildungsgymnastik graute. Conny hatte nämlich meine geistige Umnachtung nach der Geburt ausgenutzt und mich dazu gebracht, die Anmeldung für ihren Rückbildungskurs zu unterschreiben. »Fest verwurzelt! Zurück zur Mitte mit Hilfe des Krafttiers«. Oh je! Ich sollte … Doch weiter kam ich nicht. Denn im nächsten Moment spürte ich Nils' Lippen auf meinen.

Liebe LeserInnen, diese Kurzgeschichte ist ein Epilog zum Roman »Aussicht auf Sternschnuppen«. Mehr zu Helgas und Nils' Geschichte finden Sie unter dem Klappentext im Anhang dieses Buchs.

Ivonne Keller

Irinas Versprechen

Ich muss jetzt wirklich los«, sagte Irina und kletterte nackt aus dem Bett, wobei sie einen schnellen Blick durch das Fenster an den weißgrauen Himmel warf. Die Silhouetten der umliegenden Häuser lagen in dieses unwirkliche Licht getaucht, das nur der Winter verbreiten konnte. Graubeige, als sähe man durch eine getönte Brille. Das Licht harmonierte mit der romantischen Weihnachtsbeleuchtung, die über die Straßen gespannt war. So kitschig. Heiligabend! Und sie war viel zu spät dran! Eilig begann sie, sich anzuziehen. »Sie haben weiße Weihnachten angekündigt«, sagte sie. »Das kann man kaum glauben, wenn man da raus guckt.«

Jan sah ihr vom Bett aus beim Anziehen zu. Das kinnlange Haar verstrubbelt, verlockten der weiße Slip und das Baumwollhemd dazu, es ihr geradewegs wieder vom Leib zu reißen. Er wollte nicht, dass sie ging, wollte einfach da weitermachen, wo sie eben aufgehört hatten. Zwischen seinen Beinen regte es sich schon wieder. Wenn er nicht aufpasste, würde er den ganzen Abend an den Bettlaken schnuppern und sie nicht aus dem Kopf bekommen.

»Jan, hörst du mir überhaupt zu?«, fragte Irina lachend.

Er hob die Augenbrauen.

»Es fängt bestimmt gleich an zu schneien. Ich muss los!«

Es war eine Viertelstunde bis zur Haltestelle an der Landstraße. Zumindest, wenn sie einen Zahn zulegte. Wenn sie wieder vor sich hin träumte, fünf Minuten länger.

Jan nickte und schwang die Beine aus dem Bett. Er blieb aufreizend auf der Kante sitzen und grinste sie sehnsüchtig an.

»Ach, hör schon auf!«, sagte Irina, war mit zwei Schritten bei ihm und zog ihn mit beiden Händen auf die Füße.

»Soll ich dich bringen?«, fragte er und kitzelte mit seinen Bartstoppeln an ihrem Hals.

»Nein, ist schon gut«, sagte sie, ließ ihn los und zog ihre Stiefel an. »Leg dich wieder hin und denk an mich.« Sie lächelte. »Wenn du an mich denkst, ist mir auch warm.«

Als sie aus dem Haus kam, erfasste sie eisiger Wind, der die Erinnerung an Jans kuscheliges Bett in einer einzigen Böe mit sich riss. Sie sah an der Hauswand zu Jan hoch, der mit breiten Schultern am Fenster stand - sein Haar fiel ihm jungenhaft in die Stirn. Er hob die Hand und drückte einen Kuss darauf. Dann legte er sie an die Scheibe. Irina konnte den Blick kaum von ihm wenden. Er sah aus wie einer dieser Typen aus der Fernsehwerbung. So verwegen und unabhängig. Wahrscheinlich hatten die sieben Jahre, die er auf La Gomera verbracht hatte, zu seiner Lässigkeit beigetragen. Irina winkte mit ihren grauen Fäustlingen und lief los, so schnell sie konnte.

Jan sah ihr nach und seufzte. Es war ein Jammer, dass sie gehen musste. Gerade jetzt, wo es tatsächlich anfing zu schneien, wäre es im Bett besonders nett gewesen.

Die ersten Schneeflocken bahnten sich ihren Weg nach unten und schienen Irina zu umtanzen. Er kniff die Augen zusammen und blickte zum Himmel. Da kam plötzlich ganz schön was runter. *Scheißwetter*, dachte er und sprang zurück ins Bett. Er schlang die Decke um sich und inhalierte Irinas Geruch, der in den Bezügen steckte. Er vermisste sie jetzt schon. Das konnte auf Dauer unmöglich so weitergehen. Wenn Weihnachten vorbei war, musste er etwas unternehmen. Mal mit der Faust auf den Tisch hauen! Aber für heute musste er stillhalten. Vielleicht zündete er sich nachher zur Beruhigung ein Teelicht an.

Irina rannte durch das Schneegestöber. Hätte sie bloß nicht mehr zu Jan hoch gesehen! Wenn sie jetzt den Bus verpasste, war alles aus! Erstens würde es Tränen darüber geben, dass sie zu spät für den Kindergottesdienst dran war. Und dann würde Milo sie mit Fragen bombardieren, wo sie herkam um diese Zeit am Heiligen Abend. Dabei hatte er sich doch selbst auch bis fünfzehn Uhr zum Dienst einteilen lassen, weil er keine Lust gehabt hatte, die ganze Zeit bei seinen Eltern zu hocken, die seit gestern Abend zu Besuch waren. Bestimmt hatte seine Mutter alles perfekt vorbereitet, und die Gans brutzelte schon im Ofen. Irina musste nur noch die Kerzen anzünden, wenn sie nach Hause kam. Ihre Geschenke standen gepackt im Schrank. Eine Holzeisenbahn für die Jungs und eine Ice Watch in Dunkelblau für Milo.

Mit dem Schnee war es so duster geworden, als hätte man das Licht ausgedreht. Irina lief noch schneller, trotz Seitenstechen – darauf konnte sie jetzt weiß Gott keine Rücksicht nehmen. Das war der letzte Bus heute; sie musste ihn einfach erwischen! Gehetzt warf sie im Lauf einen Blick auf ihre Armbanduhr. Ihr blieben nur noch drei Minuten bis zur Haltestelle. Das war unmöglich zu schaffen! Es sei denn, sie hatte Glück, und der Bus würde sich ein paar Minuten verspäten.

Als sie am Ortsausgangsschild vorbeilief und die Landstraße mit der Bushaltestelle schon im Blick hatte, hörte sie den Bus, der sich mit sonorem Brummen näherte. Sie reckte den Hals, sah die Schneeflocken im Scheinwerferlicht an der Biegung zur Landstraße vorübertanzen und winkte hüpfend, lief keuchend noch schneller; ihre Tasche schlug gegen ihren Oberschenkel. Der Bus hielt an dem Bushäuschen, das etwa dreißig Meter vor ihr lag. Bei gesetztem Blinker öffneten sich die Türen. Eine alte Frau stieg mit gesenktem Kopf aus, hielt sich dabei am Haltegriff fest. Sie trug eine dieser lächerlichen Plastikhauben auf dem Kopf und ein Tannenbäumchen im Arm und ließ sich auf die Bank im Bushäuschen fallen. Irina verlangsamte ihre Schritte und hielt sich die Seite - sie ging davon aus, dass der Fahrer sie gesehen hatte und auf sie wartete. Dass er die Türen schloss, lag sicher am Schneefall. Es würde doch keiner am Heiligen Abend eine junge Frau stehen lassen, um seinen Fahrplan einzuhalten! Außerdem glaubte sie nicht an diese schicksalhaften Sekunden im Leben, die alles änderten. Es konnte nicht sein, dass der kurze Blick hinauf zu Jan einer dieser Momente gewesen sein sollte, der über ihr weiteres Leben entschied. Nein, nein, nie und nimmer. Milo würde niemals herausfinden, dass sie und Jan sich wieder trafen. Sie hatte es Milo versprochen.

Als der Bus startete, stieß sie ein überraschtes Keuchen aus. Wenige Meter trennten sie noch von dem Fahrzeug. Sie rief so laut sie konnte, legte die Hände an den Mund, winkte auf und ab hüpfend mit beiden Armen, doch das Geräusch des beschleunigenden Motors ließ sie stoppen. Sie atmete schwer, blieb mit auf ihren Knien abgestützten Händen stehen und japste. Der Bus wirbelte Schnee hinter sich auf, der sie einhüllte, als befände sie sich in einer Schneekugel. Ihre Jacke war weiß, der Schnee sammelte sich auf ihrem Kopf und fiel ihr in den Kragen.

Mit gesenktem Kopf lief sie weiter und klopfte sich in der Bushaltestelle ab. »Das gibt's doch nicht!«, fluchte sie und wühlte in ihrer Tasche nach ihrem Handy. Sie hatte einen Kloß im Hals. Sie brauchte ein Taxi!

Ihr Griff nach dem Handy ging ins Leere. Ratlos blickte sie in die Augen der alten Dame, die auf der Bank saß und noch immer ihr Bäumchen umklammert hielt.

Jan erwachte von der Stille. Normalerweise drangen die Geräusche von der Straße zu ihm in die Wohnung, weil die Fenster alt waren. Vielleicht war heute aber auch einfach keiner auf den Straßen unterwegs. Was die Leute nur an Weihnachten fanden? Er war heilfroh, dass er diesen Krampf hinter sich hatte. Auf La Gomera hatte er sieben Jahre lang kein Weihnachten gefeiert und er plante nicht, wieder damit anzufangen.

Er setzte sich auf und lauschte.

Es war aber auch gespenstisch still. Als sei der Rest der Welt untergegangen und nur noch er übrig. Er schielte auf die Uhr. Eine Stunde hatte er gepennt, einen verdammten Mittagsschlaf gehalten wie ein Rentner! Irina war inzwischen bestimmt bei Milo und den Schwiegereltern. Jan setzte sich auf die Bettkante, griff nach seinen Kleidern, die auf dem Boden lagen, und zog sich alles über, tappte zum Fenster, um hinauszusehen und hob die Augenbrauen. Die Scheibe war weiß. Zuerst glaubte er, sie sei beschlagen, doch als er mit dem Unterarm darüber rieb, merkte er, dass sie zugeschneit war. »Ich glaub ich spinne«, murmelte er und öffnete das Fenster einen kleinen Spalt. Der Wind schlug ihm den Flügel fast aus der Hand, begleitet von einer Fuhre Schnee, die von der Fensterbank in sein Zimmer wehte. Mit einer schnellen Bewegung schloss er es wieder und klopfte sich ab. »Ach du Scheiße«, brummte er, »na dann frohe Weihnachten.«

Er lief ein Zimmer weiter, in sein Atelier, von dem eine Loggia abging, die so aussah, als habe jemand eine ganze Wagenladung Schnee hineingekippt. Jan sperrte den Mund auf. Bis in Kniehöhe lag der Schnee vor der Terrassentür.

»Mal sehen, ob ich genügend Proviant im Kühlschrank hab«, murmelte er und dachte an Irina, die es hoffentlich noch rechtzeitig bis nach Hause geschafft hatte. Warum hatte sie ihm eigentlich nicht schon längst die übliche SMS geschrieben? War sie inzwischen daheim oder am Ende irgendwo zwischen Giersdorf und Berlin steckengeblieben? Falls dem so war, würde sie Milo erklären müssen, wo sie blieb. Ein wenig Hoffnung keimte in ihm auf. Dass nicht *er* Milo einen Besuch abstatten musste, sondern die Sache sich von selbst erledigte.

Jan ging in die Küche und befüllte den italienischen Espressokocher mit Wasser und Pulver, um sich für die vor ihm liegende Nacht zu stärken. Es würden noch viele Espressi folgen, später vielleicht auch ein Schluck Whiskey, wenn er Inspiration und Schwung brauchte. Ein, zwei Whiskey halfen Wunder, um die Finger zu lockern. Heute musste er weibliche Kurven malen, Brüste und Hüften, Waden und Schultern, ein paar lockere Strähnen, die über Wangenknochen fielen. Irinas Haut hatte die Farbe von Pergament, die dunklen Augenbrauen wirkten wie Striche; dabei zupfte sie sie nicht einmal.

Jan hielt lauschend inne.

Etwas klingelte. Das Klingeln konnte er zuerst nicht zuordnen, es war nicht sein Telefon. Er legte den Kopf schräg. Es war Irinas.

Als er ans Bett kam und das auf dem Boden liegende Kissen aufhob, entdeckte er das schwarze Handy mit dem kleinen silbernen Anhänger, den er ihr vor wenigen Stunden geschenkt hatte. Er hatte lange gebraucht, um dieses Geschenk für sie zu finden. Es musste etwas sein, das sie sich auch selbst gekauft haben könnte, darauf hatte sie gepocht.

Home blinkte auf dem Display, das Klingeln wurde lauter - so hatte Irina es eingestellt, um sicher zu sein, dass sie es jederzeit hörte, wenn ihre Kids anriefen, Lenni und Piet. Vermutlich suchte sie ihr Handy und rief von zu Hause an.

Er meldete sich lächelnd. »Ja?«

»Irina?«

Jan unterbrach die Leitung. Er hatte Milos Stimme seit Jahren nicht gehört, aber es war klar, dass er es war. Jan warf das Telefon aufs Bett und sah zu den verschneiten Fensterscheiben. Scheiße. Wie schlimm war es eigentlich wirklich da draußen?

Das Handy klingelte wieder, doch er lief zur Wohnungstür, stürmte in Strümpfen die drei Stockwerke hinunter, riss die Haustür auf und stand sofort in einer Wolke aus Schneegestöber. Beide Arme um sich schlingend warf er einen Blick nach draußen, wo nichts, aber auch gar nichts zu erkennen war. Er schlug die Tür wieder zu und stürmte die Treppe zurück nach oben, nahm drei Stufen auf einmal, verlor unterwegs Schnee und rannte ins Schlafzimmer, wo das Handy wieder bimmelte.

»Milo, hier ist Jan«, sagte er schwer atmend.

»Jan *wer?*«, fragte Milo, als gäbe es massenhaft Männer mit diesem Namen.

Als gäbe es ohne Ende Jans, mit denen Irina sich traf.

»Jan *König*«, sagte Jan und zog den Nacken ein. Erinnerte sich an das letzte Telefonat, das sieben Jahre zurücklag. Sieben Jahre, in denen er fast täglich an Irina dachte. Sie hatte mit ihm Schluss gemacht, als sie festgestellt hatte, dass sie schwanger war. Von Milo, diesem Arsch. Dass sie noch ein zweites Mal einen dicken Bauch gehabt hatte, erzählte sie ihm erst vor drei Monaten. Ihr Busen war danach weicher geworden.

»Ich verstehe überhaupt nichts mehr«, knurrte Milo. »Ich denke du bist auf La Gomera und beglückst die Touristen mit deinen Schmierereien! Gib mir sofort Irina!«

»Sie ist nicht hier«, sagte Jan und setzte sich auf die Bettkante.

Milo schien es die Sprache verschlagen zu haben. Jan starrte die weiße Scheibe an. Plötzlich sagte Milo: »Sie ist also ernsthaft da draußen unterwegs und hat ihr Handy bei dir vergessen?«

»Wahrscheinlich ist der Bus oder die S-Bahn steckengeblieben«, sagte Jan. *So tragisch ist das auch wieder nicht*, dachte er. Beide haben eine Heizung und geschlossene Fenster.

»Was faselst du da? Bus? S-Bahn? Wo wohnst du denn überhaupt?«, fragte Milo, und jetzt hörte Jan jede Menge Wut in seiner Stimme. Wut, die Milo schon mal herausgebrüllt hatte. Damals drohte er ins Telefon: »Wenn du dich noch einmal mit ihr triffst, bring' ich dich um, du Scheißer. Wenn du mir noch einmal mit deinem Pinsel in die Quere kommst, dann krieg ich dich. Und zwar so, dass es keine Spuren hinterlässt. Glaub mir.«

Trotzdem nannte Jan ihm den Ort. »In Giersdorf.«

Milo stieß Atem aus. »In Giersdorf, ich fasse es nicht. Sie hat also die … die 16 genommen? An der Haltestelle auf der Kuppe? Um zur S-Bahn zu kommen?«

Jan schluckte. »Ja.«

»Gib mir deine Adresse«, forderte Milo.

»Wofür?«

»Deine Adresse hab ich gesagt!«

»Lange Gasse 17. Aber sie ist doch gar nicht mehr hier!«

Milo legte auf.

Jan steckte Irinas Handy in die linke Hosentasche, in der rechten hatte er sein eigenes. Dann hastete er in die Küche und drehte die Platte ab, auf der der Espressokocher blubberte. Er goss sich ein, gab einen Löffel Zucker dazu und rührte um. Irina musste im Bus sitzen. Hätte sie den Bus verpasst, wäre sie zurückgekommen. Oder hätte jemanden nach einem Handy gefragt.

Von Ferne hörte er gedämpftes Glockenläuten. Sein Blick ging zum Küchenfenster, vor dem ein undurchdringliches Gewirr von Weiß tobte. *Vielleicht ist doch was passiert,* dachte Jan. Sie hätte doch bei Milo angerufen, wenn der Bus steckengeblieben wäre. Schon allein wegen Lenni und Piet, die anscheinend schon seit Wochen von Weihnachten sprachen. Nur wegen der beiden setzte sie sich Heiligabend unter einen Baum und trällerte Weihnachtslieder.

Jan rührte in der Espressotasse, ohne einen Schluck zu nehmen. In letzter Zeit war sie oft spät heimgekommen. Dann kümmerte sich ihre Nachbarin um Lenni und Piet. Machte die Glotze an. Seinetwegen, weil er Irina jedes Mal bequatschte, zu bleiben; er konnte sie einfach nie gehen lassen. Sie hatte ihm zu verstehen gegeben, dass ihre Beziehung nur auf Zeit war. »Das ist keine zweite Chance oder sowas in der Art, Jan«, hatte sie gesagt, »ich brauch nur mal einen Tapetenwechsel und ein bisschen Gefühl in meinem Leben.« Nicht mal Fotos ihrer zwei Jungs wollte sie ihm zeigen. Wenn Weihnachten vorbei war, musste er unbedingt mit ihr reden. Ihr klar machen, dass er zu allem bereit war – sie war einfach die Richtige. Was sich allein schon daran zeigte, dass er wieder malen konnte. Malen wie noch nie. Eine Frau, die Mutter war! Vor sieben Jahren hatte er sich das einfach nicht vorstellen können. Schon gar nicht, Vater zu werden. Und dann traf sie Milo, zehn Jahre älter als Jan und mit Kinderwunsch. Ein Typ mit einem sicheren Job, angestellt beim Staat.

»Ich brauche Sicherheit«, hatte Irina gesagt. »Ich will unbedingt Kinder.« Und das mit dreiundzwanzig.

In seiner Vorstellung war nur Platz für zwei gewesen. Wenigstens hätte sie drei, vier Jahre warten können, bis er als Maler erfolgreich war. Aber dann machte dieser Scheißtyp ihr ein Kind und nahm ihm seine Inspiration.

Sie sitzt im Bus und keiner hat ein Handy dabei, dachte er. Jan stand vom Tisch auf, steckte sein Shirt in die Hose und schloss seinen Gürtel. Er zog sich einen Pulli über, dann den Parka mit der großen Kapuze. Vielleicht war es draußen gar nicht so schlimm, wie es zunächst schien.

Sein letzter Blick in die Loggia sagte allerdings etwas anderes.

Irina saß auf dem Rücksitz eines Kleinwagens, der nur wenige hundert Meter hinter der Bushaltestelle liegengeblieben war. Ihre Zehen hatten aufgehört zu schmerzen, seit sie die Schuhe ausgezogen und sich die Füße zwischen die Kniekehlen geklemmt hatte. Der Fahrer, von dem sie inzwischen wusste, dass er Herbert Schmitz hieß und mit einer Schachtel Pralinen auf dem Weg zu seinen gebrechlichen Eltern war, hatte zuerst die alte Dame nach Hause bringen und anschließend Irina zur S-Bahn fahren wollen. Er erzählte gerade, dass er geschieden sei. Er hatte angehalten, als Irina winkend auf seinen Wagen zugesprungen war. In der Hoffnung auf Wärme und ein Handy.

»Warum sind Sie geschieden?«, fragte Ottilie Kowalski, die alte Frau, die aus dem Bus ausgestiegen war und ebenso wie sie im Bushäuschen darauf gewartet hatte, dass es endlich aufhörte zu schneien. Sie hatte Irina angefleht, sie nicht allein zu lassen, sondern mit ihr auf das nächste Auto zu warten, das sie sicher zurück nach Giersdorf bringen würde.

Doch jetzt lag Frau Kowalskis kleines Bäumchen neben Irina auf dem Rücksitz und verbreitete einen weihnachtlichen Duft. Herbert Schmitz hingegen roch nach ranzigem Fett.

Ihr war schlecht.

»Ich wurde arbeitslos«, beantwortete Herbert Schmitz Frau Kowalskis Frage nach dem Scheidungsgrund. Und dann schwiegen sie alle drei, lauschten Dean Martins Weihnachtsspecial und dem Rhythmus der Scheibenwischer, die auf der Windschutzscheibe ein Guckloch hinterließen, das sich jeden Moment zu schließen drohte. Die Scheibenwischer würden das nicht mehr lange mitmachen. Im Übrigen schürte die Musik Irinas Bedürfnis zu schreien. Zuerst hatte sie sich gefragt, ob möglicherweise alles ein Albtraum sein könnte. Die Situation an der Haltestelle, dort an diese wildfremde Frau gepresst zu sitzen, sich gegenseitig vor den Schneewehen zu schützen, die sich auf den Wangen anfühlten wie Nadelstiche. Und dann der dampfende Urin, den Frau Kowalski in einer Ecke des Häuschens hinterlassen hatte. Irina hatte ihren Mantel gehalten und so gut wie möglich versucht, der Rentnerin Erfrierungen an den Beinen oder an schlimmeren Stellen zu ersparen. Wenigstens saßen sie jetzt in diesem alten VW-Polo, dessen Heizung röhrte und dessen Fahrer über kein Handy verfügte. Ein Handy konnte er sich nicht leisten, »Tut mir leid«.

Ihr tat es auch leid, verdammt leid sogar! Dass es Prepaid Karten gab, billige Handys, noch dazu günstige Deos oder Duschgels, all das lag Irina auf der Zunge. Nicht zu reden von Winterreifen, die sie vielleicht noch rechtzeitig in die Nähe der S-Bahn oder Frau Kowalskis geheizter Wohnung gebracht hätten. Wenigstens war der Tank halb voll und sie hatten es warm. Wieder und wieder ging sie in ihrem Kopf die Szenen durch, die sich in diesem Moment zu Hause abspielen mochten: Milo, der mit den Jungs am Fenster stand und auf sie wartete. Die Schwiegereltern saßen vermutlich am Tisch und trommelten mit ihren Fingern auf die weihnachtlich dekorierte Tischplatte. Verärgert darüber, dass ihre Schwiegertochter an einem solchen Tag *arbeitete*. Wahrscheinlich hatte Milo inzwischen im Café angerufen und gehört, dass sie heute gar nicht eingeteilt war. Weil sie doch Mutter war und verheiratet. Sie hatte keine Ahnung, wie sie ihm das jemals erklären sollte.

»Was verschlägt Sie eigentlich am Heiligen Abend nach Giersdorf?«, fragte Frau Kowalski eben und Herbert Schmitz musterte sie neugierig durch den Rückspiegel.

»Ich habe einen Geliebten in Giersdorf«, antwortete Irina und blickte stur geradeaus durch das winzige Guckloch auf der Windschutzscheibe. Wenn sie zum Seitenfenster sah, bekam sie einen klaustrophobischen Anfall, es war so weiß, als sei das Auto in Beton gegossen.

Sie meinte, das Gelächter der beiden könne man durch den Schnee, über die Landstraße bis in Jans Wohnung hören.

»*Sie* haben einen Geliebten?«, fragte Herbert Schmitz, als sei das der beste Witz, den er seit langem gehört hatte.

»Warum nicht?«, fragte Irina.

Frau Kowalski wandte sich zu ihr um und schenkte ihr ein entschuldigendes Lächeln. »Weil Sie zu jung sind, um einen Geliebten zu haben, Mädchen. Sie sind doch keine fünfundzwanzig.«

»Ich bin dreißig. Ich habe zwei Kinder. Und einen Mann.«

Herbert Schmitz drehte sich zu ihr um. »Ist Ihr Mann arbeitslos?«

Irina schloss die Augen. »Nein, ist er nicht. Er ist bei der Polizei.«

»Polizist?« Herberts Mundwinkel gingen anerkennend nach unten.

»Ja«, sagte sie. Es stimmte nicht ganz, aber sie hatte keine Lust auf lange Erklärungen.

Ottilie Kowalski schnalzte mit der Zunge. »Und Ihr *Geliebter*?«, fragte sie. „Was macht der beruflich?"

»Er ist Künstler«, sagte Irina, und sie wusste, dass es trotzig klang. Sie hätte lieber gesagt, er sei Maler, aber Maler, das war man doch erst, wenn man Erfolg hatte. Außerdem gab es tatsächlich Leute, die meinten, man spreche von einem, der Wände strich.

Herbert schüttelte den Kopf. Er legte den Kopf in die Hände und schüttelte ihn weiter.

»Was ist?«, fragte Irina.

»Ich habe es bildlich vor mir!«, rief Herbert Schmitz und hob beide Hände. »Er malt Sie! Sie fühlen sich geschmeichelt. Den Kopf verdreht er Ihnen, der feine Geliebte, mit seinen Komplimenten. Und Sie wollen Ihren Mann, der Ihnen die Treue hält, einfach verlassen, wegen eines *Künstlers*!«

»Ich will ihn doch gar nicht verlassen«, sagte Irina. Nie im Leben. Milo hatte sie vor sieben Jahren gerettet. Das mit Jan fand in seinem Atelier statt. Nur für kurze Zeit, bis das Bild fertig war. Jan wusste das. Der Rest ihres Lebens gehörte Milo. Das hatte sie ihm versprochen.

Milo fuhr durch den Schneesturm. Er hatte die Schneeketten aufgezogen, der Geländewagen lag sicher auf der Straße, die Nebelscheinwerfer durchschnitten das Schneegestöber, leuchteten den Boden vor ihm aus. Den Blick auf der Suche nach dem nächsten Fahrbahnbegrenzungspfahl nach rechts gerichtet, hielt er beide Hände am Lenkrad; seine Kiefer presste er fest aufeinander. Gelegentlich schaute er neben sich auf den Beifahrersitz. Er hatte Plastikfolie darüber gespannt, der Fußboden war ebenfalls mit Folie ausgelegt. Die Innenseite der Beifahrertür und die Scheibe hatte er mit einem feinen Spray eingesprüht, das er nachher einfach abwischen konnte. Nichts in seinem Auto würde an diesen Jan König erinnern. Und nichts von seinem Auto konnte an dem Kerl haften bleiben. Als Leiter der Spurensicherung wusste er, wo die Schwachpunkte bei den Tätern lagen. So doof war er nicht; er hatte sein Handwerk gelernt. Er würde dieses Arschloch in seiner Wohnung einsammeln und dann irgendwo in der Pampa raus lassen. Irgendwo im Nirgendwo. Weit genug weg von der nächsten Ortschaft.

Um Irina sorgte er sich nicht. Sie steckte sicher nicht im Bus oder in der S-Bahn, sonst hätte sie sich von jemandem ein Handy geliehen und angerufen. Es musste etwas anderes sein. Vielleicht saß sie in einer warmen

Wohnung bei einer Oma, die kein Telefon hatte. Oder in einem der vielen eingeschneiten Autos, die nach und nach vom Technischen Hilfswerk befreit wurden, wie es im Radio hieß. Vielleicht war sie an einen Fahrer geraten, dessen Handy nicht aufgeladen war. Jedenfalls war sie viel zu intelligent, um an einer Bushaltestelle sitzen zu bleiben und dort einfach zu erfrieren. Allein schon wegen der Jungs. Irina würde alles tun, um keine Schlagzeilen zu machen. Und er würde auch keine machen.

Vor sieben Jahren, als Jan König zu diesen Alternativen nach La Gomera abgehauen war, um sich selbst zu finden, wäre er ihm am liebsten hinterhergeflogen und hätte ihm ein Messer in den Bauch gerammt. Dass der Typ versucht hatte, Irina zur Abtreibung von Lenni zu überreden, konnte er bis heute nicht verkraften. Aber damals hätte es keine vierundzwanzig Stunden gedauert, die Spur bis zu ihm zu verfolgen – weshalb er seine Finger von ihm gelassen hatte. Aber heute, unter diesen Bedingungen … einen besseren Zeitpunkt gab es gar nicht.

Ein tragischer Unfall.

Der Geliebte auf der Suche nach seiner Herzensdame erfroren. Welch ein Jammer. Er musste Jan nur dazu bewegen, in sein Auto zu steigen – und dazu brauchte er nicht einmal einen Vorwand.

Er durfte nur nicht vergessen, ihm sein Handy abzuknöpfen, damit er keine Hilfe rufen konnte.

Die Fahrt zog sich unendlich hin. Milo überholte unzählige Fahrzeuge, manchmal sprangen Leute auf die Straße und wollten, dass er sie mitnahm, aber er ließ sie links liegen; er hatte was anderes vor.

Als er die Haltestelle vor Giersdorf passierte, war er überrascht, jemanden dort sitzen zu sehen. Er hielt an und kniff die Augen zusammen. Es war fast unmöglich, etwas zu erkennen. Die Person war nahezu vollständig mit Schnee bedeckt – saß jedoch aufrecht. Dass es ein Mann war, erkannte er lediglich an den breiten Schultern. Fast wäre er weiter gefahren und nach Giersdorf eingebogen. Stattdessen zog er die Handbremse an, wickelte seinen Schal eng um seinen Kopf und stieg aus, getrieben von einer Ahnung. Der Wind schlug ihm ins Gesicht und nahm ihm den Atem. Er musste gegen den Schnee anbrüllen: »Jan König, bist du das!?« Er ging noch ein paar Schritte näher, bis er fast vor der Person stand.

Der Mann hob den Kopf und Milo erstarrte. Er hatte Jan König noch nie gesehen. Aber dass er es war, darin bestand kein Zweifel. Alles in seinem Gesicht erinnerte Milo an seinen Sohn Lenni.

Irina schlief, als jemand an die Scheibe klopfte. Laut und rhythmisch hämmerte es und sie hatte Mühe, sich zu orientieren. Der Geruch im Wagen war zum Schneiden, seit Stunden saßen sie in diesem Tannennadel-Mief und benetzten sich die Lippen mit Schnee, den sie ab und zu mit einem Schwung kalter Luft hereinließen. Frau Kowalski riss sofort die Beifahrertür auf, als sie das Klopfen hörte – auf ihrer Seite des Wagens stand der Schnee nicht ganz so hoch. Irina zog ihre Stiefel an und kletterte mit schmerzenden Gliedern über den Schalthebel und den Beifahrersitz an Herbert Schmitz vorbei nach draußen in die eisige Kälte; quittierte das feierliche »Frohe Weihnachten« ihres Retters mit einem schiefen Lächeln und mehreren tiefen Atemzügen, die in den Lungen schmerzten. Es schneite nicht mehr.

Im Inneren des Fahrzeugs des Technischen Hilfswerks saßen schon einige Leute, zwei davon schliefen im

Sitzen. Eine Frau hatte ein Kind auf dem Arm. Der Boden des Wagens war nass von geschmolzenem Schnee.

Kaum saßen sie auf ihren Plätzen, sagte Frau Kowalski zu dem Herrn, der eine Decke über Irina ausbreitete und ihr einen heißen Tee eingoss: »Ich glaube, die junge Frau hier würde gern mal telefonieren.« Dabei tätschelte sie Irinas Knie.

Irina schnürte es die Kehle zu. Was sollte sie Milo denn sagen, der mittlerweile vielleicht sogar wusste, wo sie gewesen war? Sorgte er sich oder würde er einen seiner Wutanfälle bekommen? Mit klammen Fingern wählte sie seine Nummer.

Wütend war er nicht. Auch nicht sachlich, wie sonst, wenn es um Gefühle ging. »Mein Gott Irina, endlich«, flüsterte er. Täuschte sie sich, oder weinte er? »Ich hab dich stundenlang gesucht«, fuhr er leise fort, »wo warst du denn nur? Auf der Arbeit haben sie gesagt, du hattest gar keinen Dienst. Ich hab mir solche Sorgen gemacht, Irina.«

Irinas Herz klopfte wie wild. Er sagte kein Wort von Jan. Wusste er am Ende gar nicht …? »Ich wollte noch ein letztes Geschenk besorgen«, log sie zögernd. Kam sie damit davon? Sie hoffte es so sehr. Wenn Milo von Jan erfuhr und seine Wut ihn übermannte …

Milo lachte leise. »Immer alles in letzter Minute, was?«

»Ja«, sagte Irina, »ich kann mich halt nie entscheiden.«

Milo schwieg. Dann sagte er: »Mir ist heute etwas klar geworden, Irina: Wir sollten mal zusammen wegfahren, ohne die Kinder. Vielleicht in die Berge, zum Skifahren. Irgendwo richtig hoch, wo wir ungestört sind. Wir holen nach, was wir in den letzten Jahren versäumt haben. Vielleicht über Silvester? Meine Eltern würden auf die Jungs aufpassen.«

Irina blinzelte. Solche Worte hatte sie sich schon so lange gewünscht. Endlich mal was anderes als immer nur seine Geschichten von Mord und Totschlag und Eifersucht, die in Ehedramen endete. Wenn er damit aufhören würde, bräuchte sie keine Schmusestunden mit Jan.

»Das wäre schön«, sagte Irina und atmete tief durch. In ihrem Bauch breitete sich ein wohlig warmes Gefühl aus.

Im Hintergrund hörte sie das Gelächter ihrer Söhne.

Milo legte auf und betrachtete zufrieden das Telefon. Er hoffte, dass Jan inzwischen auf der Bank in der Bushaltestelle festgefroren war. Aber selbst wenn nicht - er hatte das Interesse an ihm verloren. Zwar hatte er ihm vorsichtshalber sein Handy abgenommen. Aber so verständnislos, wie dieser Idiot gegrinst hatte, als Milo ihm sagte, die Sache mit Lenni werde Irina noch bitter bereuen - da konnte er sicher sein, dass der Kerl nichts von einem Kind ahnte. Irina hingegen hatte ihn jahrelang belogen. Und nicht nur ihn.

Milo schluckte schwer, als er zu seinem Erstgeborenen hinüber sah, der mit seinem kleinen Bruder vor dem Weihnachtsbaum spielte. Irina würde für diese Sache bezahlen. Soviel war sicher.

Mal sehen, wie er es anstellte. Vielleicht eine gesperrte Abfahrt. Oder ein defekter Bügel im Sessellift.

Als Frau Kowalski Irinas Tränen mit einem Taschentuch getrocknet hatte und Irina gedankenverloren den Hals reckte, um die anderen Mitfahrenden in Augenschein zu nehmen, blieb ihr Blick an der Gestalt eines jungen Mannes hängen. Er saß zwei Reihen hinter ihr, mit in die Kapuze eines Parkas versenktem Kopf. Man hatte eine Schicht Decken über ihn gelegt, offensichtlich war er länger im Freien gewesen. Seine Lippen waren blau und rissig, unter den geschlossenen Lidern glänzten dunkle Schatten. Sein Kopf lehnte an der Scheibe.

Stirnrunzelnd betrachtete Irina das Muttermal am linken Mundwinkel. *Oh Gott,* dachte sie und hielt die Luft an. War das Jan? Hastig wischte sie sich die Tränen aus den Augenwinkeln, schälte sich aus ihrem Sitz und arbeitete sich durch die Reihen.

»Jan?«, flüsterte sie und ließ sich neben ihn gleiten. Er regte sich kaum. Seine Wangen waren eiskalt, als sie darüber strich. Fast hätte sie denken können, er sei tot. Doch sein Brustkorb hob und senkte sich unter den dicken Decken und plötzlich vernahm sie seine Stimme: »Du warst nicht an der Bushaltestelle«, flüsterte er. Irina griff nach seiner Hand und drückte sie. »Ein Auto hat mich mitgenommen. Aber wir sind liegengeblieben.«

Jan nickte fast unmerklich, als er leise sagte: »Ich konnte mich kaum noch bewegen vor Angst um dich. Hätte ich nicht dein Handy gehabt, um Hilfe rufen zu können … Du musst bei mir bleiben, Irina. Bitte …«

Irina legte einen Finger auf seine Lippen und betrachtete ihn zärtlich. Er war so erschöpft von seiner Suche nach ihr. Fast erfroren vor Verzweiflung. Wahrscheinlich liebte er sie. Bestimmt tat er das, wieso sonst hätte er nach ihr suchen sollen? Sie strich ein letztes Mal über Jans Wangen, während er wieder eindämmerte und lehnte behutsam ihren Kopf an seine Schulter.

Als der Wagen startete, um sie zurück zu Milo zu bringen, kroch sie zu ihrem Platz und schloss die Augen.

Sie würde nach ihrem Kurztrip mit Milo entscheiden, wie es weitergehen sollte.

Bis dahin musste Jan warten. Einen entspannten Urlaub hatte sie jedenfalls bitter nötig.

Katelyn Faith

Die Nacht der Ringe

Mein Herz klopft so schnell, dass ich es im Kehlkopf spüre. Da ist er drin! Ich bin mir sicher, dass er ihn hier versteckt hat. Oh Gott, wenn ich nur nicht so furchtbar aufgeregt wäre. Er wird sofort merken, dass ich etwas ahne, und dann verderbe ich ihm womöglich die Überraschung.

»Emma?«

»Hm? Hast du was gesagt?« Ich starre auf die Porzellanschale mit dem köstlich nach Schokolade duftenden Dessert, als ob ich den süßen Nachtisch hypnotisieren wollte, und traue mich kaum, Jason anzusehen. Mein rechter Fuß wippt auf und ab, mit der linken Hand umklammere ich schon den Löffel. Begierig auf die Süßigkeit und das, was sich hoffentlich darunter verbirgt.

»Emma, sieh mich an.« Irritiert hebe ich den Kopf, bis unsere Blicke sich treffen. Jason wirkt amüsiert, ein Mundwinkel ist nach oben verzogen und sein Kopf ist leicht geneigt. Mann, ich wusste, dass er mir auf die Schliche kommen würde. Aber er hätte es vielleicht besser verstecken müssen! Ich meine, warum sonst hätte er mich an unserem Halbjahrestag in das sündhaft teure Restaurant eingeladen, wenn nicht, um mir …

»Spatz, ist alles in Ordnung?«, fragt er, jetzt schwingt doch etwas Besorgnis in seiner Stimme mit. Wie immer muss ich über den seltsamen Kosenamen lachen, den er mir verpasst hat. *Spatz* … hervorgerufen durch meine Eigenart, nur noch sehr wenig zu essen, seitdem wir zusammen sind.

Und da Jason es nicht ertragen konnte, dass ich seinetwegen meine Rundungen verliere, haben wir häufig getrennt voneinander gegessen. Albern, aber effektiv. Erst seit ein paar Wochen kriege ich ihm gegenüber wieder vernünftige Portionen runter, vorher schien mein Magen wie zugeschnürt, wenn ich ihn auch nur ansah. Noch immer flattern die Schmetterlinge nervös hin und her, sobald ich in seine kobaltblauen Augen schaue. Und besonders, wenn er … diesen Tonfall an den Tag legt. Wie gerade eben.

Diesmal weiß ich, was Sache ist. Schon seit Tagen verdächtige ich ihn, und als er heute Morgen die Einladung aussprach und mir einen echten Montblanc-Füller überreichte mit den Worten *Alles Liebe zum Halbjahrestag,* war mir klar, was er geplant hat. Muss er ausgerechnet jetzt versuchen, mich vom Essen dieser kleinen sündigen Köstlichkeit abzuhalten?

»Alles ist gut, Jason, wirklich. Darf ich …?« Ich deute mit dem zierlichen Löffel auf mein Dessert und werfe ihm einen hoffentlich flehenden Blick zu, den er mit einem Lachen beantwortet.

»Ich warte schon die ganze Zeit und habe mich gefragt, warum du so zögerst. Ehrlich gesagt, du siehst aus als ob du Angst hättest, vergiftet zu werden.«

Ich pruste. Vergiftet? Oh Jason, das ist sooo falsch. Und du weißt es! Ich zwinkere ihm zu und tauche den Löffel in die cremige Mousse. Der Speichel läuft mir im Mund zusammen, noch ehe die Schokolade meine Lippen erreicht hat. Himmel, das riecht so gut. Ich möchte darin baden! Oder Jason damit einreiben, überall, und den Pudding von seiner Haut …

»Eine Million Pfund für deine Gedanken«, raunt er und beugt sich vor, sodass ich mit dem Löffel im Mund erstarre. Sein Grinsen ist eindeutig, wahrscheinlich genauso eindeutig wie meine heißen Wangen. Er hat mich mal wieder durchschaut, aber dass ich weiß, was er vorhat, ahnt er trotzdem nicht. Niemals!

Ich antworte gar nicht, dafür sehe ich ihm tief in die Augen, während ich die sahnige Creme auf meiner Zunge zergehen lasse. Ein leises Stöhnen kann ich nicht unterdrücken.

»Großer Gott, das ist … der Hammer.«

»Emma, wenn du so weitermachst, garantiere ich für nichts«, warnt er, unsere Blicke haften noch immer aneinander. Mir wird warm, obwohl ich zur Feier des Tages ein ärmelloses Kleid trage und das Restaurant nicht gerade überhitzt ist. Vorsichtig schiebe ich den Löffel zum zweiten Mal in die köstliche Schokolade und rühre sehr langsam darin herum, bis ich den Boden der Schale erreiche. Das Metall kratzt auf Porzellan, aber … da ist nichts. Absolut gar nichts. Ich rühre weiter und weiter, mit gerunzelter Stirn, dann spüre ich, wie Enttäuschung in mir hochkriecht.

Jason zieht eine Braue hoch und greift über den Tisch nach meiner Hand. »Ich mache mir echt Sorgen. Ist wirklich alles okay? Du wirkst so …«

»Nein, nein, alles gut«, antworte ich hastig und schiebe schnell eine Portion der Mousse in meinen Mund. Ich lutsche sie sanft von der Zunge, für den Fall, dass ich was übersehen habe. Jason schüttelt den Kopf, nippt an seinem Espresso. Ich beschließe, das Dessert zu genießen und mich einfach überraschen zu lassen. Er wird sich schon etwas ausgedacht haben, da bin ich mir sicher. Im Champagner, den wir als Aperitif hatten, war nichts. Aber es war mir kein bisschen peinlich als der Kellner mich dabei erwischte, wie ich minutenlang das Glas ins Licht gehalten und mit Röntgenblick untersucht habe.

Vermutlich hält er mich jetzt für eine Restaurant-Testerin. Oder eine Irre.

Okay, dann halt nicht beim Essen. Vielleicht auf der Heimfahrt? Oder in seinem Zuhause in Hampstead Heath? Ich denke an Hunderte von Teelichten, die die Einfahrt, den Flur, die Treppe und natürlich das Schlafzimmer zieren könnten. Oder den großen Whirlpool im Bad, in dem wir schon so häufig … Gott, ich muss aufhören, darüber zu grübeln, sonst kriege ich keinen Bissen mehr runter. Und dafür ist diese Creme einfach zu köstlich, das wäre eine Schande!

Bevor Jason zahlt, entschuldige ich mich und schlüpfe mitsamt meiner winzigen Handtasche in eine Toilettenkabine. Um Sylvia anzurufen.

»Uuuuund?«

»Nicht so laut, Syl«, zische ich verschwörerisch, obwohl uns ja niemand hören kann. Und falls sich in der Nachbarkabine jemand versteckt, dürfte es ihn wohl kaum interessieren, was wir zu bereden haben. Trotzdem, ich traue Jason inzwischen einiges zu und er darf nicht wissen, dass ich ahne, was er vorhat.

»Nichts. Jedenfalls nicht hier im Restaurant.«

»Es ist ja noch früh, das kommt bestimmt später. Ich meine, warum hätte er sich sonst solche Mühe geben sollen? Ich bin mir sicher, dass er sich was total Romantisches einfallen lässt. Du musst mich sofort anrufen, hörst du? Ich sterbe vor Neugier!«

»Versprochen. Aber langsam frage ich mich … vielleicht habe ich mich getäuscht?«

»Neiiiin!« Sylvia ruft schon wieder so laut, dass ich genervt mit der Zunge schnalze. »Ich bin mir sicher, er wird es tun. Hat er nicht gesagt, dass er eine Überraschung für dich hat? Was sollte das denn sonst sein?«

»Bestimmt spinne ich mir da was zusammen«, gebe ich kleinlaut zu. »Wir sind ja erst seit sechs Monaten verliebt, ich sollte nicht erwarten, dass er …«

»Quatsch. Ihr kennt euch schon ewig, ihr seid perfekt zusammen. Sogar deine Mutter ist begeistert. Und du hast dich zum ersten Mal in deinem Leben auf einen Mann einlassen können und das Drama deiner Eltern fast vergessen. Weil er dir das Gefühl gibt, dich zu lieben und immer für dich da zu sein. Und ehrlich, Emma … wenn ich sehe, wie er dich anschaut … du kannst dich glücklich schätzen. Oh, ich muss auflegen, Süße. Orlando hat gekocht und wir … oooh, hmm.«

Ich verdrehe die Augen und beende das Gespräch hastig, bevor ich unfreiwillig am Telefon Zeugin von was auch immer werde.

Jason wartet vor der Restauranttür und legt seinen Arm um meine Taille, um mich zum Auto zu führen. Da Orlando heute frei hat (so wie er überhaupt sehr häufig frei hat in der letzten Zeit, aber das dürfte meine Schuld sein – oder Sylvias) fährt Jason selbst, und ich liebe es! Genauso sehr liebe ich, dass er mir die Tür öffnet und mich einsteigen lässt, bevor er selbst auf dem Fahrersitz des alten Jaguars Platz nimmt. Der Wagen ist schwarz und winzig, ein Sportmodell und vielleicht so alt wie wir. Ich bin ein bisschen verknallt in ihn. Und warte sehnsüchtig auf den Tag, an dem Jason mich mal fahren lässt. Allerdings lande ich vermutlich vorher im Altersheim, mit dem Jaguar ist Jason entsetzlich pingelig.

»Ist wirklich alles in Ordnung? Ich mache mir etwas Sorgen heute.« Jason wirft mir einen Seitenblick zu, den ich mit einem breiten Lächeln erwidere. Dann lege ich die Hand auf seinen Oberschenkel.

»Das Essen war großartig, danke dafür.«

»Für dich nur das Beste«, murmelt er. Er beugt sich zu mir und küsst mich sanft in den Nacken. Eine Gänsehaut breitet sich auf meinen Armen aus. Bestimmt hat er zu Hause etwas vorbereitet. Aber was?

»Warum kaust du an deinen Nägeln? Du wirkst schrecklich nervös, Em. Worüber machst du dir Gedanken?«

Nur darüber, wie du mir heute den Antrag machen wirst, von dem Sylvia und ich überzeugt sind.

»Ich habe mich gefragt, ob das mit dem Vorstellungsgespräch am Montag klappen wird und wieso ich da eigentlich hingehe.«

Er zieht die Brauen hoch, ohne den Blick von der Straße zu nehmen. »Du gehst dahin, weil du den Job gern haben möchtest. Oder etwa nicht?«

»Ich weiß nicht … Ehrlich gesagt passe ich so gut in die Redaktion eines Modemagazins wie ein Huhn auf die Straußenfarm.«

Jason lacht. »Du unterschätzt dich, Emma. Ich bin mir sicher, dass du eine hervorragende Moderedakteurin wirst. Wenn du willst. Ansonsten solltest du nicht hingehen. Du musst nicht unbedingt arbeiten.«

Empört wende ich mich ihm zu. »Glaubst du, es macht mir nichts aus, seit Monaten von deinem Geld zu leben? Außerdem langweile ich mich und möchte endlich eine Aufgabe haben.«

»Ich weiß«, sagt er beruhigend und tätschelt mein Knie, bevor er die Hand darauf liegen lässt. Ich starre auf seine langen, schlanken Finger und spüre schon wieder dieses merkwürdige Ziehen im Bauch. Wie immer, wenn er mich berührt. Als ob er elektrisch geladen wäre und sich ausschließlich über mich entlädt.

»Du hast deinen Job meinetwegen verloren und ich habe ein verdammt schlechtes Gewissen deswegen. Ich unterstütze dich gern, du weißt, dass es kein Problem für mich ist.«

»Für mich aber«, brumme ich etwas missmutig. Weil es stimmt. Seit knapp sechs Monaten lebe ich mehr oder weniger bei Jason, esse bei ihm, trinke bei ihm, lasse mich von ihm ausführen. Und habe fast nichts zu tun, außer Bewerbungen zu schreiben und mich nach Weiterbildungsmaßnahmen für Journalisten umzusehen.

Gut, mein Job beim Kirchenblatt war nicht gerade mein Traumjob, aber es war eine Aufgabe und ich habe damit Geld verdient. Jetzt allerdings fühle ich mich, als ob ich Jason ausnutzen würde, und das ist das Letzte, was ich will. Dabei ist es mir egal, ob die Kosten für das, was ich esse, nicht mal in seiner Portokasse auffielen und sogar der Wagen hier mehr Benzin frisst, als ich Lebensmittel zu mir nehme. Es geht ums Prinzip.

»Ich gehe hin, mache mir aber keine großen Hoffnungen. Daran wird nicht mal das Prada-Kostüm etwas ändern, das du mir frecherweise gekauft hast.«

»Erwähn es nicht. Du siehst unverschämt scharf aus in dem engen Rock«, raunt er und beugt sich wieder zu mir, um kurz an meinem Ohrläppchen zu knabbern. Ich kichere wie ein Teenager.

Vor Jasons Haus in Hampstead Heath schiele ich neugierig aus dem Fenster. Die Auffahrt ist dunkel, ebenso das Haus selbst. Keine Kerzen oder Teelichte. Na gut, dann vielleicht drinnen. Macht ja auch viel mehr Sinn.

Die Außenbeleuchtung schaltet sich wie von Zauberhand ein, als wir an den Lampen vorbeigehen. Jason legt eine Hand auf meinen Rücken und läuft so dicht neben mir, dass kein Buch zwischen uns passen würde. Ich genieße seine Nähe, die Wärme, die er ausstrahlt. Obwohl mein ganzer Körper vor Aufregung kribbelt, als ob tausend winzige Spinnen über meine Haut krabbeln würden, versuche ich, mir die Nervosität nicht anmerken zu lassen. Ich will ihm doch auf keinen Fall die Überraschung verderben, aber ich fühle mich wie ein Kind kurz vor Weihnachten, in Erwartung aufregender Geschenke.

Etwas enttäuscht lasse ich mich von Jason ins Wohnzimmer bringen, das er Salon nennt, und nehme auf dem Sofa Platz. So elegant wie möglich schlage ich die Beine übereinander, die engen Pumps ziehe ich aus.

Jason reicht mir ein Glas Rotwein und lässt sich mit einem Whisky neben mich fallen. Ich lege meine Beine über seinen Schoß und taste nach seiner Hand, die meine findet und umklammert. So sitzen wir schweigend, nippen an unseren Getränken und ich frage mich, was zum Teufel er geplant hat heute, um mich endlich …

»Ist dir kalt?« Er zieht eine Braue hoch und streichelt über meine Waden. Die Nylonstrümpfe knistern, ich habe eine Gänsehaut.

»Nein, eigentlich nicht«, sage ich und versuche zu lächeln.

»Du wirkst furchtbar angespannt, Em. Machst du dir ernsthaft so viele Gedanken wegen des Vorstellungsgesprächs am Montag?«

»Ja, genau«, lüge ich, froh über die Ausrede, die er mir quasi serviert, und stelle das Weinglas auf dem kleinen Tisch vor uns ab. Als ich mich vorbeuge, verrutscht das Kleid ein wenig. Offenbar blitzt mein neuer BH unter dem Stoff hervor, denn noch bevor ich mich auf dem Sofa wieder zurückgelehnt habe spüre ich seine Finger auf meiner Haut.

»Nette Aussichten hier«, murmelt er hitzig in meinen Nacken und küsst mich dort. Meine Härchen richten sich auf. Sex? Oh ja, bitte! Meinetwegen auch vorher, obwohl ich eher damit gerechnet hatte, dass er erst danach … oh! Was um alles in der Welt …?

»Du bist aber forsch heute«, flüstere ich, als seine Hand unter mein Kleid gleitet und den Rand der halterlosen Strümpfe erkundet. Seine Finger sind warm.

»Tut mir leid. Ich beherrsche mich schon den ganzen Abend, aber jetzt …« Ich seufze leise, seine Küsse an meinem Hals lassen Hitze in mir aufsteigen.

»Hier?« Etwas zweifelnd deute ich auf das Sofa, er lacht.

»Nein, lass uns nach oben gehen. Ich habe eine Überraschung für dich.«

Ich kann mir ein erfreutes Quietschen gerade noch so verkneifen, dafür springe ich wie angestochen hoch und eile zur Treppe. Jason bleibt verdutzt stehen und schüttelt den Kopf, als ich mich auffordernd zu ihm umdrehe.

»Du liebe Güte, ich dachte nicht, dass du es *so* eilig hast«, sagt er dann schmunzelnd und holt mich ein. Er schlingt beide Hände von hinten um mich und lässt sie auf meinem Bauch ruhen, und so schleichen wir gemeinsam die Treppe nach oben. Auf jeder dritten Stufe machen wir eine kleine Pause, um uns zu küssen. Die Küsse schmecken nach ihm, nach Schokolade, nach Rotwein und Whisky. Eine köstliche Mischung.

»Geh du vor«, bestimme ich oben. Wieder wirft er mir einen Blick zu, bei dem ich mir ein Grinsen verkneifen muss. *Nein, nein, Jason, ich werde dir deine Überraschung nicht verderben. Keine Angst.*

Mein Magen flattert vor Aufregung, meine Finger werden kalt. Er öffnet die Schlafzimmertür, und ich gehe langsam hinter ihm her. Um etwas enttäuscht im Türrahmen stehen zu bleiben, während er zielstrebig auf das Bett zugeht.

»Em?« Jason neigt den Kopf zur Seite. »Was ist denn nur los mit dir? Du bist wirklich …«

»Nichts. Gar nichts, ehrlich. Ich bin nur … nervös. Wegen Montag.« Keine Kerzen. Nicht mal Rosen. Gut, ich habe mich getäuscht und die versprochene Überraschung hat nichts mit dem zu tun, was ich mir erhofft habe. Ich atme tief ein, bevor ich langsam und so lasziv wie möglich auf ihn zugehe. Er hat sich erwartungsvoll aufs Bett gesetzt, und aus seiner perfekten Frisur hat sich eine Strähne schwarzen Haares gelöst, die ihm in die Stirn fällt. Ich mag den leichten Schatten auf seinem Kinn. Mein Unterleib zieht sich zusammen bei der Vorstellung, wie er sich gleich auf meiner Haut anfühlen wird. Kribbelig. Aufregend.

»Dieses Kleid ist umwerfend«, raunt er, als ich dicht vor ihm stehen bleibe und mich zwischen seine Beine schiebe. Meine Hände fahren in sein Haar und zerwühlen es weiter, dann beuge ich mich zu ihm herab und küsse ihn. Lange. Leidenschaftlich.

Ein heiseres Stöhnen entfährt ihm, als er meinen Kuss erwidert. Unsere Zungen spielen miteinander, tanzen einen sinnlichen Tanz aus Fordern und Nachgeben, immer wieder, bis er sich nach hinten aufs Bett fallen lässt und mich mit sich zieht. Ich spüre seine Erektion an meinem Bauch, versuche, mich mit den Händen an den Seiten abzustützen, aber er greift nach meinen Handgelenken und wirft mich mit Schwung herum, bis er auf mir liegt. Sein Gesicht ist nah, ich spüre seinen Atem, rieche den Whisky und sein Shampoo, den dezenten Duft seines Aftershaves. Ein leises Zittern kriecht über meinen Körper und ich erschauere, als seine Lippen mein Ohrläppchen finden und sanft daran knabbern. Oh Gott, er geht mit meinem Körper um wie ein Virtuose mit seinem Instrument, weiß genau, welche Knöpfe er drücken und welche Stellen er berühren muss, um mich vorzubereiten. Für ihn. Und ich bin bereit. So was von bereit …

Küssend richten wir uns auf, seine Hände greifen in meinen Rücken und ziehen den Reißverschluss des Kleides herunter, dann hilft er mir, es abzustreifen. Die Körbchen meines BHs sind so klein, dass sie kaum meine Brustwarzen verbergen. Jasons Augen glitzern, während er meinen Körper mit seinem gierigen Blick streichelt.

»Ich hoffe, dir gefällt noch immer, was du siehst«, sage ich und versuche, mich so kokett wie möglich vor ihm zu räkeln. Die schwarzen Strümpfe mit dem breiten Spitzenrand gefallen mir, ich fühle mich irgendwie verrucht damit.

»Mehr denn je«, raunt er und küsst meine Brüste, meinen Bauch, die nackte Haut meiner Schenkel über den Strümpfen. Seine Hände sind überall an mir, erkunden mich, als ob er mich zum ersten Mal nackt - oder fast nackt - vor sich sähe. Neugierig, liebevoll. Er haucht warmen Atem gegen meinen Schoß, bevor er mit dem Finger wieder und wieder über die Spitze streicht, die mein Geschlecht vor ihm verbirgt und mich erneut küsst.

»Hart oder zart heute, Madame?«, fragt er und sieht mir tief in die Augen. So tief, dass mein Herz auf die Größe einer Rosine schmilzt. Ich schlucke, ehe ich antworte, meine Stimme klingt kratzig. »Wie es Ihnen gefällt, Monsieur.«

Sein schiefes Grinsen löst erneut einen Schauer aus. Weil ich genau weiß, was es bedeutet.

»Also dann … für das, was ich vorhabe, sollte ich dich besser anketten. Damit du mir nicht wegläufst.« Oh-oh. Mein Gesicht wird ganz heiß, aber ich wehre mich nicht, als er die schmalen Handschellen um meine

Handgelenke legt und sie über meinem Kopf fixiert. Auch die Augenbinde lasse ich geschehen. Sie ist weich und schwarz und ich mag es, wenn ich nichts sehen kann. Nur noch tasten, riechen, schmecken. Alles scheint intensiver und ich fühle mich freier, als ob auch er mich nicht sehen könnte, was natürlich albern ist. Immer wieder spüre ich seine Finger auf mir, fühle, wie er sich an mir reibt und die vielversprechende Härte sich gegen den rauen Hosenstoff drängt.

Mir wird wärmer.

Erneut küsst er eine Spur an meinem Körper entlang nach unten, erreicht mein Höschen und zieht es mit den Zähnen vorsichtig zur Seite. Ein Schauer durchläuft mich, meine Finger krallen sich in das Kissen unter mir, als seine Zunge mich trifft. Seine Finger, überall. Seine Zunge … oh Gott, alles verkrampft sich. Jetzt schon.

»Bitte, Jason …«, höre ich mich selbst wimmern. Geschickt und spielerisch nimmt er mich, mit seinem Mund, seinen Händen, bis sich mein Becken ihm entgegen bäumt. Mein Atem geht flacher.

Dann erklingt das Geräusch eines Gürtels, der aus den Laschen gezogen wird. Der Reißverschluss der Hose. So vielversprechend. Mein Magen zieht sich zusammen.

»Ich habe eine Überraschung für dich«, flüstert er neben mir. »Und sie hat mit einem Ring zu tun.«

»Was?« Mein Kopf fährt wie von selbst in die Höhe, mein Puls beschleunigt sich. Um Gottes willen, er will mir doch bitte nicht so …? Gefesselt, nackt, mit verbundenen Augen? Himmel, das kann nicht sein Ernst sein! Diesen Moment habe ich mir wahrhaftig etwas anders vorgestellt.

»Jason! Du hast ja wohl nicht vor, mir jetzt einen …«

»Ich wünschte, du könntest ihn sehen, Emma. Er ist wunderschön, aus Gold, nicht zu schmal und genau richtig. Mit einer einzigen, kostbaren Perle besetzt.«

Mein Herz hämmert gegen die Brust. »Jason!« Entsetzt zerre ich an den Handschellen. »Das kannst du nicht machen! Ich wollte …«

»Fühlst du ihn? Findest du nicht auch, dass eine Perle viel besser zu dir passt als ein langweiliger Diamant?« Seine Stimme ist so ruhig, so beschwörend, dass ich gar nicht anders kann, als ihm zu folgen. Ich spüre etwas, ja. Auf meinen Brüsten, die er aus dem BH geschält hat. Es ist … oh Gott. Sein … Schwanz. Mein Gesicht fängt an zu glühen. Was zum Teufel tut er da? Was macht er mit dem Ring? Mit *meinem* Ring? Ich zappele hilflos mit den Beinen und knurre ihn an.

»Jason, mach mich los. Bitte! Ich will ihn sehen.«

»Später«, flüstert er und beugt sich über mich. Jetzt fühle ich seine Härte an meinem Schenkel, und da ist noch etwas … etwas Kühles. Metall. Aber er kann doch nicht meinen Ring um seinen …?

»Ein echtes Schmuckstück. Und er wird dafür sorgen, dass ich heute sehr, sehr lange in dir sein kann. So lange ich will.«

»Ich verstehe nicht …«, flüstere ich und versuche, mich zu konzentrieren. Erst Sekunden darauf sickert langsam in mein Hirn, was er da treibt, und ich stöhne entsetzt auf. Vor Scham über meine eigene Dummheit.

»Ein Cockring? Du hast einen *Penisring* gekauft?«

»Mein kleines neugieriges Kätzchen.« Er beißt in meinen Hals und gleitet mit den Lippen an mir herab. Legt sie um meine Brustwarzen und saugt daran. Fest. So fest, dass ich kurz aufschreie, weil es fast schmerzt, bevor das Pulsieren einem sehnsüchtigen Ziehen weicht.

»Ich werde dich heute verwöhnen, meine Süße. Vielleicht wirst du morgen nicht einmal mehr laufen können.«

Alles in mir zieht sich zusammen bei dem Versprechen. Und er wird es wahrmachen, so wahr er Jason Hall heißt! Ein kalter Hauch trifft meine empfindlichen Nippel, dann spüre ich, wie er seine Erektion an mir reibt. An meiner Mitte. Mitsamt des goldenen Ringes, der meine erhitzte Haut kühlt.

»Okay … gut. Ich hab morgen sowieso nichts vor«, stoße ich atemlos hervor.

»Bestens.« Wieder sind seine Lippen da, auf meinen. Seine Härte drückt gegen meinen Bauch, meine Hüften wölben sich ihm entgegen. Gierig. Sehnsüchtig.

»Du bist so wunderschön, Em. Ich liebe diese üppigen Rundungen. Hier.« Er küsst meine Brüste. »Und hier.« Mein Bauch. »Besonders hier.« Ich kichere, als er meine Pobacken von der Seite trifft. »Und auch diese.« Meine Oberschenkel. Ich winde mich in den Fesseln und verfluche mich dafür, dass ich es ihm erlaubt habe. Die Gedanken an einen Verlobungsring, an ein ewiges Versprechen unserer Liebe verschwinden plötzlich und sind kaum noch wichtig. Stattdessen spüre ich etwas an meinen Lippen. Weich und samtig, und als ich den Mund öffne, ist es auch hart.

Ich versuche, den Kopf zu heben, damit er es leichter hat. Dann lasse ich meine Zunge an seinem Schaft entlang gleiten, auf und ab, wieder und wieder. Schmecke und fühle ihn, während sich mein Inneres erregt zusammenzieht und Feuchtigkeit mein Höschen durchsickert. Mit der Zungenspitze erkunde ich den goldenen Ring, von dem ich noch nicht weiß, wie er aussieht. Aber ich ahne, welche Wirkung er hat, und die Vorstellung lässt meinen Puls rasen.

»Gott, ich bin so verflucht hart, Em. Ich hoffe, es ist okay, wenn ich …« Er zieht sich ruckartig zurück und ich lecke mir nervös über die Lippen, als ich seine Finger in mir spüre. Massierend, streichelnd, kreisend. Sein Daumen auf mir, mit dem er mich in den Wahnsinn treibt und meine Lust weiter schürt.

»Komm«, flüstere ich und atme erleichtert aus, als er den Slip von meinen Hüften zieht. Er spreizt meine Beine, weit, so weit, dann spüre ich ihn auf mir. Seine Hände neben meinem Gesicht, seinen Atem auf meiner Haut. Höher, immer höher. Küssend, leckend, atmend. Die unglaubliche Härte zwischen meinen Schenkeln, die meine Feuchtigkeit treibt und mein Blut erhitzt. Als er endlich in mich eindringt, nur wenige Zentimeter, leise stöhnend, keuche auch ich auf. Schlinge die Beine um ihn und ziehe ihn zu mir, weil ich ihn tiefer will.

Quälend langsam gleitet er in mich und wieder heraus, kreist mit den Hüften und massiert mit seinen Lenden die empfindliche Knospe, die schon so geschwollen ist. Mein Atem wird flacher, meine Beine verkrampfen sich.

»Gott, Jason, ich halte das nicht aus«, wispere ich, aber er widersteht dem Druck meiner Fersen auf seinem muskulösen Hintern und quält mich weiter. Treibt mich einen Hügel hinauf, um mich kurz vor dem Gipfel zurückzuhalten. Meine Augen fangen an zu brennen, alles in mir schreit nach ihm, verlangt danach, ihn ganz tief in mir zu spüren.

»Wenn du wüsstest, wie schön du bist, Emma. Schon immer warst. Ich bin süchtig nach dir. Ich will alles von dir. Für immer. Ich will dich ganz, ich brauche dich. Für mich allein.«

Du lieber Himmel. Kann mir ernsthaft *noch* heißer werden? Mein Mund ist trocken, mein Rücken feucht vor Schweiß. Ich beiße die Zähne aufeinander und versuche wieder, ihn zu einem schnelleren Rhythmus zu bewegen, aber er bleibt entsetzlich beherrscht und langsam.

»Bitte, Jason. Ich will dich ansehen«, stoße ich hervor. Meine Zehen krallen sich ins Laken, verzweifelt umklammern meine Finger das Kissen. Und kurz bevor ich es spüre, das erlösende Zucken und Pulsieren, löst Jason das Tuch von meinem Kopf und sieht mir in die Augen. Fest. Meine Lider flattern, als ich heftig stöhnend unter ihm komme. Mein Kopf gehalten von seinen Händen, meine Augen gefesselt von seinem Blick. Sein Gewicht ruht schwer auf mir, über sein schönes Gesicht huscht ein Zucken, das seinen Höhepunkt ankündet.

»Ich liebe dich, Emma«, raunt er, dann schließt er für eine halbe Sekunde die Augen, um mich mit flackerndem Blick erneut anzusehen. In mir wird es heiß, meine inneren Muskeln ziehen sich um ihn herum zusammen und halten ihn. Fest. Tief.

Die Anspannung fällt wie in Zeitlupe von mir ab, meine Hände zittern in den Handschellen, die ich dringend loswerden will. Jason zieht sich langsam aus mir zurück, küsst meinen Bauch und meine Brüste, dann sind warme, feuchte Lippen auf meinen.

»Machst du mich nicht los?«, flüstere ich heiser und richte meinen Blick nach oben, auf meine gefesselten Hände. Er grinst, mit einer hochgezogenen Braue. Ohoh. Gefährlich. Er ist immer noch hart, als er sich an meinem Bauch reibt.

»Ich fange gerade erst an, Madame. Oder kannst du schon nicht mehr?«

»Angeber«, spotte ich und zapple unter ihm. »Mach mich los, dann kann ich dir vielleicht wieder aufhelfen.«

»Nicht nötig.« Er lenkt meinen Blick auf sein Geschlecht, und tatsächlich … noch immer ragt er mir steif und hart entgegen. Der Ring ist wirklich … wunderschön. Ein Zittern geht durch meinen Körper.

»Ist das dein Ernst?«

»Wenn du willst … die ganze Nacht«, murmelt er und vergräbt sein Gesicht in meinem Haar. Atmet tief ein.

»Großer Gott«, sage ich. »Was ist das für ein Ding?«

»Meinst du den Ring oder …?« Seine Lippen kräuseln sich amüsiert.

»Na, von dem Ringträger selbst habe ich ehrlich gesagt nichts anderes erwartet.« Wir lachen gemeinsam, dann entfernt Jason die Handschellen und massiert meine Knöchel.

»Du bist ein Teufel«, fluche ich. »Du machst mich wahnsinnig.«

Mit Schwung dreht er mich an der Hüfte herum, sodass ich auf dem Bauch vor ihm liege. Dann streicht er von hinten mit einem Finger über meine Mitte und zieht mich zu sich heran, bis ich auf seinem Schoß liege und ihn an mir spüre.

»Das ist der Zweck der Übung, Em. Rache ist süß. Schließlich hast du damit angefangen, mich wahnsinnig zu machen. Und jetzt … bin ich dran.«

Leise stöhnend schließe ich die Augen und lasse zu, dass er sich erneut an mir reibt. Spüre das Pochen zwischen meinen Schenkeln, die süße Lust, die von mir Besitz ergreift und alle Gedanken ausschaltet. Sogar die Enttäuschung über den nicht-gemachten Antrag. Wenn ich will, die ganze Nacht …

Hilfe, bin ich verspannt. Mein Nacken fühlt sich an, als ob ich das Wochenende auf einem Nagelbrett geschlafen hätte. Dabei habe ich den Sonntag in Jasons Bett verbracht. Er hat mir Crêpes gemacht, mit Schokoladensirup und Sahne (in denen leider auch kein Ring war … ich gestehe, danach gesucht zu haben). Wir haben Champagner getrunken (ohne Ring im Glas), *Notting Hill* gesehen (trotz Tränen kein Antrag), zusammen gebadet (ich habe die ganze Seife zerkrümelt, aber da war auch nichts drin!) und uns geliebt. Immer wieder. Rau und zärtlich. Mein Körper kribbelt jetzt noch, wenn ich nur daran denke, was Jason mit seinen Fingern … ach, egal.

Nun stehe ich hier in einem nagelneuen Prada-Kostüm, das so gut zu mir passt wie ein deutsches Dirndl zu Pamela Anderson, und warte auf mein Vorstellungsgespräch beim *London Fashion Spot*, einem total angesagten Modemagazin. Und wenn ich mich umsehe (was ich zu vermeiden versuche), wird mir übel. Richtig übel, nicht nur ein bisschen.

Die jungen Frauen, die hier rumflitzen, sehen aus wie frisch vom Cover der Vogue gehüpft. Ich fühle mich wie ein Bauerntrampel in dieser überstylten Umgebung und starre verlegen auf meine angeknabberten Fingernägel. Ohne Nagellack. Nicht mal in Hautfarbe oder wie dieser hässliche, angeblich moderne Ton heißt. Lieber Himmel, was habe ich mir eigentlich dabei gedacht, mich hier zu bewerben? Ich meine, ich muss ja nicht mal was sagen, es dürfte der Chefredakteurin reichen, mich zu sehen. Hoffentlich sieht sie nicht aus wie Meryl Streep in *Der Teufel trägt Prada*!

Ich fühle mich jetzt schon gedemütigt, obwohl noch gar nichts passiert ist. Aber die Blicke, die ich von den um mich herum huschenden wandelnden Kleiderstangen kassiere, sagen alles. Sobald irgendwo aus einem der Büros Gelächter ertönt, zucke ich zusammen. Außerdem tränen meine Augen von der ungewohnten Wimperntusche, die ich auf Sylvias Rat hin viel zu dick aufgetragen habe.

»Ms White? Kommen Sie bitte.« Eine spindeldürre Blondine mit so schmalen Lippen, dass ihr Mund wie zugenäht wirkt, winkt mir ungeduldig und ich gehe so elegant wie möglich auf meinen hohen Absätzen (die strecken und machen schlank – kommt natürlich von Syl) auf sie zu.

»Bitte, Mrs Randall erwartet Sie.«

Ihr prüfender Blick bleibt auf dem Kostüm hängen, und tatsächlich verzieht sich die dünne Linie unter ihrer Nase zu einer Art Lächeln. Fast möchte ich erleichtert aufatmen, doch dann treffen meine Augen auf Mrs Randall. Gott, ich wünschte, Meryl Streep wäre hier! Die Chefredakteurin sieht aus wie eine von den Frauen, die niemals schwitzen. Im Gegensatz zu mir – ich spüre jetzt schon, dass meine Bluse unter den Armen feucht wird. Und ganz bestimmt glänzt meine Stirn wie Frühstücksspeck.

»Emma White? Setzen sie sich.« Mein Magen schrumpft zur Größe einer harten Erbse zusammen. Ich kann kaum atmen und möchte die Jacke aufknöpfen, aber das sähe unmöglich aus. Also setze ich mich so aufrecht wie möglich auf den unbequemen Stuhl vor ihrem Louis-XIV-Schreibtisch und versuche, zu lächeln. *Cool bleiben, Emma. Gesicht wahren. Nicht einschüchtern lassen.*

»Vielen Dank für Ihre Bewerbung.« Die blonde Eiskönigin setzt eine coole, schwarz umrandete Brille auf und mustert mich über den Rand hinweg. »Ehrlich gesagt, habe ich mir einen anderen … Typ vorgestellt, nun ja. Sie sind hier.«

»Ja, ich bin hier«, sage ich vor Verzweiflung, weil mir wirklich nichts Besseres einfällt. Ich knete die Trageriemen meiner Handtasche, die ich mir auf den Schoß gelegt habe. Himmel, ich wirke vermutlich wie eine Schülerin im Konfirmanden-Unterricht, aber was soll ich auch tun? Alles schüchtert mich ein – der strenge Blick der nach meinem Geschmack zu dünnen Frau vor mir, das Büro, die meterhohen Stapel mit Modemagazinen aus der ganzen Welt … Es war definitiv ein Fehler, herzukommen.

»Aber es tut mir leid, ich glaube nicht, dass ich hierher gehöre. Oder zu Ihnen passe.« Ich bin entschlossen. Klar, ich brauche dringend einen Job, nur … den hier? Nein. Will ich mich demütigen lassen und mir anhören müssen, dass ich nicht die Richtige bin für die Stelle? Auch nicht. Also trete ich die Flucht nach vorn an und verzichte freiwillig, bevor sie mir fiese Dinge an den Kopf werfen kann.

»Wie bitte?« Mrs Randall senkt das Kinn wie ein Stier, ihr spitzer Mund mit der offenbar durch Botox geglätteten Oberlippe verzieht sich zu einem angestrengt wirkenden Grinsen.

»Ich möchte Ihre Zeit nicht weiter in Anspruch nehmen. Sie haben ja sicher viel zu tun, mit all … dem hier.« Ich male einen Kreis mit meinem Arm und stehe auf, die Tasche entschlossen in einer Hand. »Es war eine dumme Idee von mir. Ich kenne mich gar nicht aus mit Mode, und meine einzigen journalistischen Erfahrungen stammen von einem Gemeindeblatt einer Kirche in London. Danke, dass Sie mich trotzdem eingeladen haben.«

»Nun warten Sie doch, Ms White. Wir haben ja noch gar nicht miteinander gesprochen?« Stirnrunzelnd schüttelt sie den Kopf und zeigt mit der Hand auf den Stuhl. Ergeben lasse ich mich wieder fallen, obwohl mir nicht klar ist, wohin das hier führen soll.

»Warum haben Sie sich überhaupt bei uns beworben, wenn Sie gar nicht hierher passen Ihrer Meinung nach?«

»Ich weiß nicht … irgendwie dachte ich, warum nicht. Mode war zwar nie mein Hobby, aber ich möchte mich als Journalistin weiterentwickeln und Ihr Magazin ist neu und frisch und könnte ein paar kritische Augen gut gebrauchen.« Ach du je … was rede ich denn hier?

»Kritische Augen?« Sie zieht die Brille wieder ab und beugt sich vor, als ob ich einen Magneten in mir trüge, der sie anzieht.

»Na ja, ich meine … Sie berichten nur über so oberflächliche Dinge. Aber interessieren sich moderne Frauen von heute nicht für das, was hinter den Kulissen passiert? Modehersteller, die zu üblen Konditionen billig in Asien fertigen lassen und trotzdem ihre Kleidung für viel Geld bei Harvey Nichols verkaufen. Obwohl die Qualität diese Preise niemals rechtfertigt. Kinderarbeit. Kranke Mitarbeiter, die nach fünf Jahren Arbeit in einer schrecklichen Färberei in Indien sterben. Billige Hilfskräfte in den Filialen, die sich nicht mal ein T-Shirt der Marke leisten könnten, für die sie arbeiten. Kostenlose Modelle für Filmstars und Popsänger, die sich die Klamotten locker leisten könnten, aber trotzdem ständig gratis beliefert werden. Damit sie das Zeug tragen und in der Presse erscheinen und alle Welt auf einmal diese eine Marke haben will.«

Okay, jetzt bewege ich mich langsam auf sicherem Terrain. Dass Mrs Randall gerade die Gesichtszüge entgleisen, ist mir egal. Wenn ich hier schon nicht anfangen werde, kann sie wenigstens erfahren, was ich von dem ganzen Zirkus halte. Immerhin ist sie eins der weißen Pferdchen in der Arena.

»Überhaupt nervt es mich, dass solche Magazine so einseitig sind. Als ob sich moderne Frauen nur für Klamotten, Make-up und Haare interessieren würden. Ich meine, gucken Sie sich Ihr Heft doch mal an. Nur Äußerlichkeiten. Models mit Konfektionsgröße 32 – das waren mal Kindergrößen, inzwischen müssen Frauen mit normaler Figur in der Übergrößen-Abteilung einkaufen. Und wieso? Weil Mode von ein paar homosexuellen Designern gemacht wird, die offenbar keine weiblichen Kurven in ihren Entwürfen sehen möchten. Warum machen wir das nicht nur mit, sondern fördern es sogar noch? So wie Sie? Ihr Covermodell vom letzten Monat sieht aus, als ob sie bei Windstärke 4 in die Themse geweht würde. Ernsthaft, wer findet das eigentlich schön? Und wieso macht die ganze Branche diesen bescheuerten Trend mit? Was steckt dahinter?«

Mir ist warm, also knöpfe ich meine Jacke auf. Jetzt ist sowieso alles egal, dieser Job ist so gelaufen wie der Sommer.

»Ms White, ich bin zugegeben ein wenig … entgeistert.«

Ich muss lachen. »Ja, das sehe ich. Aber ich habe doch Recht, oder nicht? Was tun Sie dafür, um so dünn zu sein? Auf gutes Essen verzichten? Ihre Freizeit in Fitness-Studios verbringen? Das kann Ihnen doch nicht wirklich Spaß machen! Wieso gibt es kein Modemagazin mit normalen Frauen, die weibliche Figuren haben? Mit Klamotten, die man sich nicht nur leisten kann als Leser, sondern die auch noch tragbar sind?«

Ich habe mich in Rage geredet und greife nach der letzten Ausgabe des *London Fashion Spot*. Auf einer beliebigen Seite schlage ich das Heft auf und tippe anklagend mit dem Zeigefinger auf ein Motiv. »Hier. Welche Frau kauft denn einen schwarzen Tüllrock mit Pailletten und Strass für 800 Pfund? Wo soll man das überhaupt anziehen, abgesehen von einer Halloween-Party? Warum finde ich keine bezahlbare Mode für jeden Tag? Büro-Outfits, Freizeitklamotten, Partykleider. Sachen, die auch Frauen tragen können, die nicht kurz vorm Verhungern sind. Kleider, in die ein Busen reinpasst. Hosen für Hüften, nicht für Knochen.«

Mrs Randalls Mund steht offen und bildet ein rundes O in ihrem schmalen Gesicht. Ich lehne mich auf dem Stuhl zurück und bin ganz entspannt. Irgendwie war es gut, das endlich mal loszuwerden. Und einen Job hier will ich überhaupt nicht mehr.

»Sie haben den Job«, sagt sie dann, nachdem ich verstummt bin. Ich zupfe an meinem Ohrläppchen und stehe auf, die Handtasche hänge ich mir über die Schulter.

»Ja, natürlich. Einen schönen Tag noch, Mrs Randall.« Moment mal … was hat sie da gerade gesagt? Sie *haben* den Job? Verwirrt drehe ich mich zu ihr um. Sie lächelt und entblößt dabei ihre Zähne, auch wenn ihre Stirn botoxgestärkt keine einzige Falte zeigt.

»Was haben Sie gesagt?«

»Ich möchte Ihnen den Job anbieten, Ms White. Sie sind eine kritische und sicherlich sehr gute Journalistin und wären eine perfekte Ergänzung für unser junges Team.«

Ihre Wangen sind rot, und das ist neu. Also kein Rouge. Mein Mund klappt auf und wieder zu. Ich schließe kurz die Augen und denke fieberhaft nach, ob ich zufällig in einem David Lynch-Film gelandet sein könnte oder was zum Teufel hier los ist. Mit zitternden Fingern greife ich nach dem Heft auf ihrem protzigen Schreibtisch und blättere ein paar Seiten, bis ich die doppelseitige Anzeige wiedergefunden habe.

The new world of fashion. Jasons Unternehmen. Er verkauft reduzierte Designerklamotten über das Internet und verdient irre viel Geld mit dem Zeug. Mir wird ganz heiß, Wut steigt in mir auf.

»Entschuldigen Sie, Mrs Randall«, sage ich leise und beuge mich über ihren Tisch, sodass sie vor mir zurückweicht. »Es hat nicht zufällig damit zu tun, dass ein gewisser Jason Hall ein großer Anzeigenkunde von Ihnen ist, oder?«

»Ich ... nein, er hat nur ... also er meinte, Sie seien genau das, was uns ...«

Ich stöhne genervt auf und werfe das Heft auf den Tisch zurück. Gut, er hat zwar auf meinen Rat gehört, in der aktuellen Winterkampagne sehen die Models tatsächlich aus wie fast normale Frauen. Aber dass er sich traut, sich einfach so in meine Jobplanung einzumischen ... Ich bin echt sauer.

»Danke für das Gespräch, Mrs Randall. Leben Sie wohl.«

»Warten Sie! Ms White!«

Ich ignoriere ihre Rufe und marschiere hoch erhobenen Hauptes aus dem Büro. Dem ersten dünnen Huhn, das mich missbilligend ansieht, werfe ich einen so wütenden Blick zu, dass das Mädchen den Kopf einzieht und hinter einer Tür verschwindet. Na also, geht doch!

»Ich muss zu Jason. Sofort.«

»Emma! Wie geht es dir? Ich glaube, er ist in einer Besprechung, aber ich kann dich ...«

»Jetzt. So-fort.« Ich beuge mich über die gläserne Empfangstheke in der hellen Lobby von Jasons Büro und mache Maggie, der niedlichen Sekretärin, klar, dass es dringend ist. Täusche ich mich, oder huscht da ein Grinsen über ihr feines Gesicht? Egal.

»Ist was passiert?«, fragt sie, den Hörer in der Hand, und reißt ihre Augen auf.

»Allerdings«, knurre ich. »Und es wäre besser, wenn er Zeit für mich hätte. Sonst …«

Sie zuckt zusammen, dann gurrt sie ins Telefon und kündigt Jason mein Kommen an. Nickend schaut sie mir in die Augen, nach ein paar Sekunden legt sie wieder auf.

»Du kannst hochfahren. Er erwartet dich.«

»Gut, danke.« In mir brodelt es. Mein Magen verkrampft sich im Aufzug, in Gedanken lege ich mir schon die Worte zurecht, mit denen ich ihn gleich zurechtstutzen werde. Ehrlich, es ist vielleicht süß gemeint gewesen, mir zu helfen, aber ich habe ihm schon vor Monaten gesagt, dass ich auch allein klarkomme. Oben angekommen stürme ich aus dem Lift auf Jasons Empfangszimmer zu. Der Tisch ist leer, der junge Mann, der sonst hier sitzt, fehlt. Etwas verwirrt bleibe ich stehen, dann gehe ich auf Jasons verschlossene Bürotür zu, um zu klopfen. Noch ehe meine Knöchel das Holz berühren, wird die Tür von innen aufgerissen und er steht vor mir. Im weißen Hemd, mit silbernen Manschettenknöpfen und in einer engen schwarzen Anzughose, deren Anblick mich scharf die Luft einziehen lässt.

»Em! Was ist los? Du siehst sauer aus.« Er zieht die Tür vorsichtig hinter sich zu und legt beide Arme um meine Schultern.

»Ich bin sauer, Jason. Hast du mit der Chefredakteurin vom London Fashion Spot gesprochen und sie gezwungen, mich einzustellen?« Ich hoffe, meine Augen werfen mindestens so hitzige Blitze, wie es sich anfühlt. Jason verzieht den Mund zu einem Grinsen. Seine blauen Augen funkeln.

»Das ist nicht witzig!«, sage ich. »Ehrlich, es war mir peinlich. Ich brauche keinen Fürsprecher, Jason. Ich bin alt und selbstständig genug, um auf mich selbst …«

Er überrascht mich durch eine plötzliche Attacke. Zieht mich an sich, bis meine Brüste sich an seinen Oberkörper pressen, und legt seine Lippen auf meine. Warm. Kaffee. Milch und Zucker. Ich versuche, einzuatmen. Schnaubend wie ein Rennpferd stemme ich die Hände gegen seine Brust und drücke ihn von mir.

»Sag mal … ich bin sauer und du willst das einfach wegküssen?«

Jason streicht eine Haarsträhne aus meinem Gesicht und steckt sie hinter mein Ohr. Er wirkt noch immer amüsiert, was die wütende Hitze in meinem Bauch noch weiter ansteigen lässt.

»Hör jetzt auf damit und erklär dich«, drohe ich. »Sonst …«

»Ich wollte dir nur helfen, Em. Ich bin einer der wichtigsten Kunden dieses Magazins, also müssen sie dich einstellen, wenn ich das will.«

»Vielen Dank, dass du mir nicht zutraust, mir selbst einen Job zu besorgen.« Ich verschränke die Arme vor der Brust und trete einen Schritt zurück. »Ich hätte diesen aber sowieso nicht haben wollen.«

»Ich weiß.« Er lacht leise, was mich noch mehr irritiert. Dreht er etwa durch? Oder ist er einer von den Typen, die sich beim Betreten ihres Büros in Mr Hyde verwandeln? Im Angesicht der Macht verändern sich wohl einige Menschen, aber das ist eigentlich nicht Jasons Art.

»Was sollte das dann? Hast du Spaß daran, mich demütigen zu lassen?« Die alte Furcht steigt in mir auf, wie Säure aus meinem Magen. Hat er wirklich …? Nein, das kann ich mir nicht vorstellen. Nicht nach den letzten Monaten. Es gibt keinen Grund, ihm zu misstrauen. Absolut keinen.

»Ich wollte dich wütend, Em. Hier. In diesem Büro.« Er kommt wieder auf mich zu und legt beide Hände auf meine Pobacken, zieht mich an sich. Ich spüre etwas Hartes an meinem Bauch, das mir die Röte ins Gesicht schießen lässt. »In diesem heißen Kostüm. Weißt du eigentlich, wie scharf du darin aussiehst? Ich möchte dich am liebsten über diesen Schreibtisch werfen und vernaschen.«

Mein Unterleib verkrampft sich, ich atme flacher.

»Das ist unfair, Jason«, flüstere ich an seinen Hals, aber meine Hände haben sich längst selbstständig gemacht und streichen über seinen Rücken. Ich atme seinen Duft ein, der mir längst so vertraut ist. Dann küsst er mich wieder, mit einer Hand an meinem Kopf, in meinem Haar.

»In meinem Büro sind wir ungestört«, raunt er dicht an meinem Ohr. »Komm mit.«

»Hast du Mr Ring dabei?«, frage ich kichernd, als ich mich von ihm mitziehen lasse, und er lacht.

»Oh ja.«

Ich schmiege mich von hinten an ihn, nachdem er die Tür zu seinem Büro aufgestoßen hat. Ich liebe den Blick über London von hier oben, der gesamte Raum ist von Glas umgeben und man kommt sich vor, als würde man über den Dingen schweben. Aber dann steigt Hitze in mir auf und meine Gesichtszüge entgleiten mir.

»Jason, was …?«

Nur aus den Augenwinkeln nehme ich noch wahr, dass er vor mir auf die Knie geht. Auf die Knie! Und etwas aus seiner Tasche zieht. Mein Blick ist gefangen von einem Blumenmeer. Rote Rosen, überall. Aber viel schlimmer als das sind … die Menschen. Sylvia. Orlando. Meine Mutter! Reverend Morris, der Nette meiner ehemaligen Arbeitgeber. Einige Kollegen und Mitarbeiter von Jason, die ich kennengelernt habe. Sogar sein Bruder Phil ist da! Was um alles in der Welt …?

»Em … Liebes.« Jasons Anrede lässt mich zusammenfahren und den Blick nach unten richten. Nach unten! Vor meine Füße! Syl wischt mit einem Taschentuch an ihrem Auge rum.

»Wenn wir die Augen öffnen,
begegnen wir im Leben Menschen,
die uns verändern.«

Gott. Im. Himmel. Das tut er nicht. Nicht hier, nicht jetzt. Ich schlucke hart, mein Mund ist trocken wie ein Toastbrot, während ich seinen Worten lausche. *Meinen* Worten, denn es ist mein Gedicht, das er rezitiert, vor mir kniend, in der herabhängenden rechten Hand eine kleine blaue Schachtel.

Meine Augen werden heiß, mein Herz zieht sich zusammen.

»Menschen wie dich, Em. Wir haben schon eine gemeinsame Vergangenheit, und ich wünsche mir eine gemeinsame Zukunft. Ich will mit dir leben, Kinder mit dir haben. Kleine süße Mädchen mit deinen Augen und deinem Lachen. Und vielleicht noch einen kleinen Jungen mit dunklen Haaren und dem Ehrgeiz, die Welt zu verbessern. Ich will mit dir das Leben entdecken und für dich da sein. Dich jeden Tag lieben wie am ersten Tag, damit es niemals einen letzten Tag für uns gibt. Dich beschützen und mich gleichzeitig bei dir geborgen fühlen. Deine ständig versalzenen Nudeln probieren und behaupten, sie seien das Beste, was ich je gegessen habe. Schrecklich langweilige Liebesfilme mit dir ansehen, nur um dir am Ende die Tränen von der Wange küssen zu können. In deine funkelnden Augen sehen, wenn du wütend auf mich bist, und anschließend jeden Zentimeter deines göttlichen Körpers um Verzeihung bitten. Immer.«

Sylvia schluchzt so laut auf, dass irgendwer kichert, aber ich bin wie gebannt von Jasons Worten und stehe da wie ein Eiszapfen. Meine Hände sind ganz steif.

»Ich will dich für mich, für immer und ganz und gar. Und ich bete, dass du mich auch willst. Dass du die Vergangenheit hinter dir lassen kannst, so wie ich, um mit mir gemeinsam in eine glückliche Zukunft zu gehen. So wie du mir gezeigt hast, dass Verzeihen das Größte ist, was wir im Leben tun können. Weil es uns frei macht. Ich möchte mit dir zusammen frei sein. Für immer.«

Ich nicke wortlos und weiß gar nicht, wo ich hinsehen soll, bis sich unsere Blicke treffen. Seine langen dichten Wimpern hängen wie ein Schleier über den blauen Augen. Ich zittere am ganzen Körper und schlucke so hart, dass mein Kehlkopf schmerzt.

»Ich weiß, dass du am Wochenende auf diesen Moment gewartet hast, und genau deshalb habe ich ihn auf heute verschoben. Ich wusste auch, dass du nach dem Vorstellungsgespräch wütend hierher kommen würdest und das der perfekte Zeitpunkt wäre.«

»Was?«, entfährt mir. Elender mieser Schuft! Wieso kennt er mich so verdammt gut? Das ist unheimlich!

»Aber es war ziemlich witzig«, sagt er grinsend und zwinkert mir zu. Irgendwer hinter ihm lacht leise, es klingt nach Orlando.

»Jason …«

»Warte, Em, ich bin noch nicht fertig. Du bist die schönste, klügste und gefühlvollste Frau, die ich je getroffen habe. Bei dir, mit dir fühle ich mich geborgen, erlebe das Zuhause, das ich nie hatte. Das will ich nie wieder verlieren, daher bitte ich dich …«

Er hebt die Schachtel und öffnet sie. Ein goldener Ring mit einer riesigen Zuchtperle darauf. Eine Miniaturausgabe seines Ringes, wie gemacht für meine Hand.

»Heirate mich, Emma. Willst du?«

»Ja, oh mein Gott … ach du … ja, Jason. Ja!« Ich heule und lache gleichzeitig, als er aufspringt und mich in seine Arme zieht. Die starken Arme, die mich umschlingen und beschützen. Nur dumpf dringt der Applaus der anwesenden Freunde an mein Ohr. Sylvias Schluchzen wird lauter. Ich sehe nicht hin, presse mein Gesicht an seine Brust und durchtränke sein weißes Hemd mit meinen Tränen, während seine Finger sanfte Kreise auf meinem Rücken malen, die mich heute aber nicht beruhigen können. Mein Herz klopft beinahe schmerzhaft gegen meine Brust, auch sein Puls geht schnell, ich spüre ihn an meinen Schläfen.

»Ich liebe dich, Emma«, flüstert er, hebt mein Kinn mit einem Finger und sieht mir tief in die Augen.

»Ich liebe dich auch«, wispere ich zurück, bevor wir uns erneut küssen. Unter dem immer lauter werdenden Applaus unserer Familien und Freunde.

Emma White. Jason Hall. Emma Hall. Oder Jason White? Hm, klingt eigentlich nicht schlecht, finde ich. Darüber werden wir noch reden müssen …

Liebe LeserInnen, diese Kurzgeschichte ist ein Epilog zum Roman »Gefährliche Verlockung«. Mehr zu Emmas und Jasons Geschichte finden Sie unter dem Klappentext im Anhang dieses Buchs.

Nikola Hotel

Luzies Überredung

Eine Bedienung gab es hier wohl nicht?
Ich räusperte mich lautstark und raschelte demonstrativ in einem der Körbchen, die mit Christbaum-schmuck gefüllt waren. Endlich schlurfte eine Frau mittleren Alters durch den Vorhang und blinzelte mir über den Rand ihrer Brille zu.

»Was kann ich für dich tun?«, fragte sie. An ihrer Brust steckte ein Namensschild aus Fimo. Stefania oder Epifania oder so ähnlich – die Schrift war nur schwer zu entziffern.

Ich zog eine Augenbraue in die Höhe, weil ich es nicht leiden konnte, wenn man mich einfach duzte.

»Ich suche …«, angestrengt forschte ich nach einer passenden Bezeichnung, bei der mir keine Magensäure aufstoßen würde. »Ich suche ein … Wichtelgeschenk«, brachte ich schließlich hervor.

»Das ist ein schöner Brauch.« Sie leckte mit der Zungenspitze etwas Klebriges aus ihrem Mundwinkel. Anscheinend hatte ich sie gerade bei Kaffee und Kuchen gestört.

»Es soll aber nicht mehr als zehn Euro kosten.«

Sie runzelte die Stirn. »Hast du an was Bestimmtes gedacht?«

»Irgendwas zur Deko vielleicht. Es ist eigentlich egal, es muss nicht einmal besonders schön sein. Wir machen nämlich Schrottwichteln.«

»Schrottwichteln? Was soll das sein?«

»Na ja«, versuchte ich zu erklären, »man verschenkt einen Gegenstand, den man nicht mehr mag und schon immer loswerden wollte, wie zum Beispiel eine hässliche Vase oder einen Porzellan-Harlekin. Das ist, hm, ziemlich witzig«, ergänzte ich. Dabei klang es in meinen Ohren überhaupt nicht lustig.

»Und da dachtest du, hier bekämst du etwas, das man als Schrott bezeichnen kann?« Sie blinzelte. Ich wurde das Gefühl nicht los, dass etwas mit ihrer Brille nicht stimmte: Das rote Gestell leuchtete wie ein Warnlicht.

»Dann schau dich halt einfach mal um. Die meisten Sachen hier kosten nicht mehr als zehn Euro. Bis auf die Taschen natürlich und die großen Stofftiere.«

Ich warf einen Blick hinter mich, wo etliche Artikel vor sich hin staubten. Sicher hatten sie schon den Geruch der Räucherstäbchen in sich aufgesogen. Neben einigen Stoffbeuteln türmten sich Tassen mit Elchmotiven und Schlüsselanhänger in Form von Engelsflügeln.

»Können Sie mir etwas empfehlen?«, drängte ich sie. »Meine Mittagspause ist gleich zu Ende.«

Die Verkäuferin nickte und kam hinter der Theke hervor. Ein Bein in der abgewetzten Cordhose zog sie nach. Sie kehrte mir den Rücken zu und kramte in einem hoffnungslos überfüllten Regal. Im selben Moment klingelte mein Handy.

»Ja?«

Es war Jens, mein Kollege aus der Bücherei. Ob ich heute seine Stunden übernehmen könnte, erkundigte er sich. Seine Mutter musste ins Krankenhaus, und er wollte sie begleiten.

»Das passt mir grad nicht«, raunte ich in den Hörer. Dienstags ging ich immer zur Stepp-Aerobic, und ich hasste es, wenn ich aus dem Rhythmus kam. »Wusstest du das denn nicht früher?«

Die Verkäuferin sog hörbar die Luft ein. Ob sie was Interessantes gefunden hatte?

»Dann wenigstens, bis ich zurück bin«, flehte Jens. »Ich beeile mich auch, Luzie. Versprochen!«

Ich seufzte leise, während vor mir einige Artikel ausgebreitet wurden. Das Telefon unter das Kinn geklemmt, hob ich eine überdimensionale Schneekugel an. Das Etikett auf dem Kunststoffboden zeigte einen Preis von acht Euro.

»Ist okay«, sagte ich zur Verkäuferin, aber leider hörte Jens diese Antwort auch und bezog sie auf sich.

»Super, ich werde dir ewig dankbar sein.«

So ein Mist, dachte ich, wollte hier im Laden aber nicht diskutieren. »Dann gib mir deine Handynummer, damit ich dich erreichen kann, wenn es zu lange dauert«, verlangte ich und wedelte mit der Hand vor der Nase der Frau herum, um deren Aufmerksamkeit zu erlangen. »Können Sie das bitte einpacken?« Ich wühlte in meiner Handtasche. »Und haben Sie vielleicht was zum Schreiben?«

Sie reichte mir einen Kuli. Ich notierte die Nummer und legte auf, bevor ich die scheußliche Schneekugel bezahlte.

Das Windspiel an der Tür klirrte zum Abschied.

»Warte mal!«, rief die Verkäuferin mir hinterher, und ich drehte mich im Türrahmen noch einmal um. »Du hast …« Sie kratzte sich hinter dem Ohr. Dabei glühte ihre Brille feuerrot auf. »Ach, einen schönen Tag noch, wollte ich nur sagen.« Sie lachte leise gackernd, und ich trat auf die Straße.

Seltsam, diese Brille. Es hatte wirklich so ausgesehen, als hätte sie aufgeleuchtet. Aber vielleicht war das auch bloß ein Scherzartikel gewesen. Ich war jedenfalls erleichtert, dass ich diesen lästigen Einkauf hinter mich gebracht hatte. Allerdings ärgerte ich mich darüber, von Jens so überrumpelt worden zu sein. Mein geregelter Alltag war mir heilig, und ich mochte es überhaupt nicht, wenn etwas nicht nach Plan lief. Ich war ein Mensch, der auf Nummer sicher ging, der immer ein Päckchen Taschentücher dabei hatte, Aspirin, einen Regenschirm und eine Ersatz-Strumpfhose.

Als ich an der Bücherei ankam, hatte Frau Klein die Tür bereits aufgeschlossen. Zwei Mädchen eilten an der Ausleihe vorbei und stürmten in die Fantasy-Abteilung, wo, wie ich wusste, gerade erst ein neuer Band der *Chroniken der Unterwelt* eingetroffen war. Darauf waren die Mädels alle ganz scharf.

Ich suchte die Neuerscheinungen heraus, die noch katalogisiert werden mussten, und startete das Computerprogramm. Maske öffnen, ISBN eingeben und dann per Mausklick die Details aus dem Internet ziehen, wie praktisch. Nebenbei schrieb ich ein paar Mahnungen. Dann lieh sich ein Junge ein Gesellschaftsspiel aus, und damit nicht wieder ein paar Teile verloren gingen, die man mühsam nachbestellen musste, wollte ich ihm eine Notiz anheften. Der erste Kuli schrieb nicht, und ich warf ihn gleich in den Papierkorb. Beim zweiten ließ sich die Mine nicht herausdrücken. Und der letzte lief aus und hinterließ einen großen Tintenfleck. Seufzend nahm ich einen Bleistift zur Hand, der aber abbrach, sobald er das Blatt berührte.

»Das darf doch nicht wahr sein!«, fluchte ich. »Denk daran, alle Teile des Spiels nachzuzählen, bevor du es zurückbringst«, gab ich dem Jungen mit auf den Weg. Als er wegging, sah ich noch, wie er die Augen verdrehte.

Gereizt durchwühlte ich meine Handtasche nach einem Stift. Meine Finger schoben Labello, Portemonnaie und Schlüsselbund beiseite und schlossen sich um ein kaltes Stück Metall. Überrascht zog ich es heraus. In der Hand hielt ich den Kugelschreiber aus dem Weihnachtsladen von vorhin – ich musste ihn aus Versehen eingesteckt haben. Wie konnte mir das nur passieren? Ausgerechnet dieses grässliche Teil hatte ich mitgehen lassen! Ich wollte es schon wegwerfen, da kam mir in den Sinn, dass es vielleicht so eine Art Lieblingsstück der Verkäuferin sein könnte. Der Stift sah nämlich nicht nach Massenproduktion aus. Wer würde auch so ein furchtbares Ding in Serie produzieren? Die Hülle war aus Metall gefertigt und hatte fast dieselbe Farbe wie die Brille der Frau. Auf dem oberen Ende thronte ein silberner Rabe mit gespreizten Flügeln, den Schnabel zum Schrei weit aufgerissen.

Ich sollte ihn der Verkäuferin zurückbringen, sicher vermisste sie den Stift bereits, überlegte ich. Da ich aber gerade keinen anderen Kuli zur Hand hatte, konnte es nicht schaden, wenn ich ihn bis dahin benutzte. Ich nahm die Liste mit den Vorbestellungen zur Hand. Dr. Paschulke hatte sich schon vor vier Wochen für den neuen Fitzek vormerken lassen. Und weil er ein Mann war, der Bücher am Esstisch las und bei denen man, wenn er sie zurückbrachte, zuerst die Krümel herausschütteln musste, schrieb ich auf meinen Block: *Rückgabe diesmal bitte ohne Essensreste!*, riss den gelben Zettel ab und klebte ihn auf das Buch.

Der Kuli leistete mir noch weitere Dienste an diesem Nachmittag. Einem Jungen, der es tatsächlich fertigbrachte, in jedes Buch Eselsohren zu machen, schrieb ich: *Man macht keine Knicke in fremde Bücher!* Der aufgetakelten Dame, die immer von einer Parfumwolke umgeben war, gab ich mit auf den Weg: *Nicht jeder möchte bei der Buchausleihe Ihr Parfum riechen!*

Und so ging es munter weiter:

Bücher gehören nicht in einen Raucherhaushalt!

Bücher sind nicht dazu da, um Fliegen oder Spinnen zu töten!

Nur rückgradlose Menschen brechen ihren Büchern den Rücken!

Benutzen Sie zum Tischabstützen das nächste Mal einen Bierdeckel und kein Taschenbuch Ihrer Bücherei!

Nachher hatte ich doch ein schlechtes Gewissen. Aber die meisten Besucher machten sich einfach keine Gedanken, wie rücksichtslos sie waren. Und es war an der Zeit, ihnen das einmal mitzuteilen. Außerdem ließ es sich mit dem hässlichen roten Kugelschreiber sehr gut schreiben, wer hätte das gedacht.

Als Jens um halb sechs immer noch nicht erschienen war, um mich abzulösen, holte ich den Block hervor, auf dem ich seine Nummer notiert hatte. Ich legte mein Handy ans Ohr.

»Die von Ihnen gewählte Rufnummer ist leider nicht vergeben.«

Oh Mann, das war wirklich blöd. In einer halben Stunde würde mein Kurs im Fitness-Studio anfangen. Zur Sicherheit tippte ich die Nummernfolge noch einmal vom Blatt ab, aber erneut hörte ich dieselbe Ansage. Ich besah mir den Zettel und dann mein Display. Da stimmte doch etwas nicht. Eben hatte ich zwölf Zahlen abgelesen. Jetzt standen aber nur noch sieben auf dem Papier. Hatte ich vielleicht doch vergessen, die Vorwahl zu notieren? Ich kniff die Augen zusammen.

3773817

Irgendwie kam mir diese Reihenfolge bekannt vor. Einer spontanen Eingebung folgend, drehte ich das Gerät auf den Kopf und las:

LIBELLE

Verrückt. Als Kind hatte ich mit meiner liebsten Freundin Sarah immer versucht, auf dem Taschenrechner zu schreiben. Komisch, dass mir das gerade jetzt in den Sinn kam. Ich schüttelte den Kopf und wollte den Zettel schon wegwerfen, da entdeckte ich, dass zwei weitere Ziffern verschwunden waren. Nun stand dort nur noch: 38317, und auf dem Kopf gelesen bedeutete das *Liebe*.

Ich weiß nicht, wann ich das letzte Mal irgendwo dieses Wort gelesen hatte, geschweige denn geschrieben, aber es überlief mich eine Gänsehaut, als ich es nun vor mir sah. Peinlich berührt löschte ich die Nummer von meinem Display. Ich las niemals Romane. Schon gar kleine Liebesromane. Ich bevorzugte Sachbücher. Die strikte Anordnung eines Inhaltsverzeichnisses gefiel mir. Es war beruhigend zu wissen, dass von Seite 67 bis 92 etwas über »Das Maß der Dinge« geschrieben stand, wenn man Bill Brysons *Eine kurze Geschichte von fast allem* aufschlug.

Liebe war unberechenbar.

Ich glaubte nicht daran, dass es sich lohnte, auf Liebe zu warten. Liebe war nicht der See, auf dem man wohlig wie in Honigmilch schwamm. Liebe war der Klotz, der uns ans Fußgelenk gebunden wurde, und dann tief in die Dunkelheit zog. Und wenn man merkte, dass man daran ertrank, dann war es zu spät, um die Ketten zu lösen.

Ich strich das Papier glatt und wunderte mich, wieso darauf die Tinte verschwinden konnte, als mich ein Besucher ansprach, der plötzlich an die Theke getreten war. Die Augen des Mannes lächelten, als er auf das vor mir liegende Blatt deutete.

»Das habe ich als Kind auch gemacht. Aber auf dem Taschenrechner.« Neben seinem linken Mundwinkel hatte sich ein Grübchen eingegraben.

»Wovon reden Sie?«, fragte ich unwirsch und zerknüllte den Zettel in meiner Hand.

»Wie viele Wörter haben Sie gefunden?«, erkundigte er sich statt einer Antwort.

Ich zuckte mit den Schultern. »Zwei.«

»Nur zwei?« Als er auflachte, fiel ihm das braune Haar in die Stirn. Er schob mir seine Bücher vor die Nase. »Mir fallen mindestens zehn ein.«

»Ach ja? Nun, das ist schön für Sie.« Ich zog den Stapel heran und scannte die Bücher der Reihe nach ein. Verwundert betrachtete ich die Einbände. Es gab tatsächlich Männer, die sich einen Roman von Louisa May Alcott ausliehen? Und nicht nur das, er wollte auch noch Charlotte Brontë lesen, stellte ich fest. Und Jane Austen. Ein Schaudern überfiel mich, als ich *Anne Elliot* umdrehte und drei Zeilen des Klappentextes aufnahm:

Sie hatte ihn gesehen! Sie hatten sich getroffen! Sie waren wieder in einem Raum beisammen gewesen!

Was für eine lächerliche Anhäufung von Sätzen! Als würde man spüren, wenn man sich im selben Raum aufhielte wie der Mann, den man liebte. Als würde sich durch die Gegenwart eines anderen Menschen auch nur irgendetwas ändern. Blieb nicht die Luft dieselbe, wenn man sie mit dem Atem eines anderen teilte?

Ich druckte dem Kunden die Quittung aus und legte sie auf seine Bücher. Da aber der Einband von Anne Elliot so stark beschädigt war, dachte ich, es könnte nicht schaden, ihn daran zu erinnern, damit besonders vorsichtig umzugehen. Ich zückte den Kuli und schrieb:

Bitte pfleglich behandeln, das Buch ist schon sehr abgenutzt!

Den Zettel klebte ich auf das Titelblatt und klappte das Buch zu. Er würde es beizeiten sehen und sich eher besinnen, als wenn ich ihn jetzt darauf hinwies.

»Die Bücher sind übrigens für mich«, erklärte er gerade, obwohl ich nie im Leben auf die Idee gekommen wäre, ihn danach zu fragen. »Vielleicht kann ich die Frauen besser verstehen, wenn ich das gelesen habe.« Er zwinkerte mir zu, was ich mit einem Schnauben kommentierte. Bekloppter Kerl, dachte ich und sah ihm hinterher, als er die Bibliothek verließ. Er hatte einen wippenden Gang wie ein Teenager, der bei jedem Schritt einige Zentimeter in die Höhe wuchs.

Jens erschien nicht. Obwohl er mir versprochen hatte zu kommen, sobald er seine Mutter im Krankenhaus abgeliefert hatte, ließ er mich hängen, und ich harrte bis sechs Uhr aus. Verärgert hinterließ ich ihm eine Nachricht auf seinem Schreibtisch:

Du hättest wenigstens mal anrufen können! Bitte mich
bloß nie wieder um einen Gefallen!
Luzie

Am nächsten Morgen kam ich nicht dazu, den Kugelschreiber zurückzubringen, weil ich dringend einkaufen musste. Und dann verpasste ich auch noch meinen Bus und kam zu spät zur Arbeit. Ich schlich an meinen Platz und wagte es nicht, Jens zur Rede zu stellen. Der sah übernächtigt aus, hatte dunkle Ringe unter den Augen und sich nicht einmal rasiert.

»Ich wollte mich noch bei dir bedanken«, sprach er mich an. »Dafür, dass du so viel Verständnis hast. Meiner Mutter geht es echt nicht gut. Wahrscheinlich muss sie operiert werden.« Er senkte betrübt den Kopf.

»Das tut mir ... sehr leid«, brachte ich mühsam heraus. Und mit einem Anflug von schlechtem Gewissen nahm ich mir vor, gleich nach dem Zettel zu suchen und ihn verschwinden zu lassen. Welch ein Glück, dass er ihn noch nicht entdeckt hatte. Gestern war ich wütend gewesen, aber heute kam mir das völlig albern vor. Warum nur war ich immer so mit mir selbst beschäftigt?

Mit dem Kuli kritzelte ich verlegen kleine Kästchen auf ein Blatt Papier. »Wenn du Hilfe brauchst –«, entschlüpfte es mir, und ich sog, über mich selbst erstaunt, die Luft ein.

»Das ist echt total nett von dir.« Jens strich mir dankbar über die Schulter. Eine Berührung, die mich erstarren ließ.

Ich gehörte nicht zu den Menschen, die man spontan anfasste. Frau Klein war so jemand. Und Eva, die Aushilfe. Sie fiel überhaupt bei jeder Gelegenheit den anderen um den Hals. Beim letzten gemeinsamen Essen mit den Kollegen zum Beispiel. Oder als wir beschlossen hatten, dass wir auf der Weihnachtsfeier wichteln würden. Da freute sie sich so überschwänglich, dass sie Jens für diese Idee einen Kuss auf die Wange drückte. Gott, was war mir das peinlich gewesen! Gefühlsausbrüche von anderen verursachten mir immer ein leichtes Unwohlsein. Ich kam mir dabei vor wie ein Voyeur. Das war auch der Grund, warum ich zurückschreckte, wenn man mich umarmen wollte. Doch nun wurde mir bewusst, dass schon sehr lange niemand mehr versucht hatte, mich zu umarmen. Umso schmerzlicher fühlte sich Jens' Berührung an. Da war ein Hauch von Sehnsucht. Nicht nach Jens, sondern danach, etwas zu empfinden. Irgendetwas. Und wenn es auch nur eine Wunde wäre, die schmerzte.

»Das war die netteste Mahnung, die ich je bekommen habe!«, sagte die alte Dame, die mit Mühe drei große Bildbände über Gartengestaltung auf die Theke wuchtete.

Ich schreckte hoch. »Wie bitte?«

»Sie können sich gar nicht vorstellen, wie erleichtert ich war, dass mir die Mahngebühren erlassen werden.«

»Aber –« Ich sah sie irritiert an. Hatte ich das getan? Bestimmt nicht.

»Und das, nachdem ich so viele Probleme mit meinem Blutdruck hatte. 210 zu 160. Da hat mein Hausarzt gesagt, ich soll zu Hause bleiben, mich in den Sessel setzen und Kreuzworträtsel lösen. Als ob ich dafür Zeit hätte! Und dann auch noch ein Brief von der Bücherei. Du liebe Güte!, habe ich gedacht, jetzt gibt es Ärger! Aber das ist ja so nett von Ihnen, Frau … Frau …«

»Kann ich das Schreiben mal sehen?«

»Aber natürlich! Ich habe es gleich mitgebracht. Ist ja nicht jeder so freundlich wie Sie, da dachte ich mir: Hilde, dachte ich, nimm das mal lieber mit, dann hast du ein Beweismittel. Hier!« Sie legte den Brief auf den Bücherstapel. Hinter ihr scharrten die anderen Kunden schon mit den Hufen.

Die Post war diesmal aber wahnsinnig schnell gewesen – die Mahnung hatte ich doch erst gestern weggeschickt, überlegte ich. Doch als ich den Inhalt las, fiel mir vor Schreck der Bleistift herunter, auf dem ich gekaut hatte:

Liebe Frau Schwellenbach,
wenn es Ihre Zeit erlaubt, dann würde ich Sie bitten, die überfälligen Gartenbücher zurückzubringen. Wir haben bereits mehrere Vorbestellungen, und es tut uns leid, die anderen Büchereibesucher immer wieder vertrösten zu müssen. Wenn Sie es einrichten können, bis Mittwoch vorbeizukommen, dann verzichten wir gerne auf die anfallenden Mahngebühren. Hoffentlich ist Ihr Blutdruck wieder besser? Frisst Anka auch ordentlich? Wir haben uns schon Sorgen gemacht, nachdem der Hund beim letzten Mal so einen trüben Ausdruck in den Augen hatte. Meine geschätzte Kollegin Frau Klein schwört ja auf Leberwurstbrote. Leberwurstbrote machen jeden Hund glücklich!
Herzliche Grüße und gute Besserung für Sie und Ihren Hund,
Luzie Ludwig

Das war ohne Frage ein Schreiben der Bücherei. Aber normalerweise benutzten wir Textbausteine und vorgefertigte Mahnschreiben. Kein Mensch käme auf die Idee, eine Mahnung persönlich zu formulieren. Und ganz bestimmt würde *ich* keine Mahnung persönlich formulieren. Und ich käme um Himmels willen auch nie auf den Gedanken, einen Brief zu verschicken, in dem Leberwurstbrote vorkamen! Aber das da drunter, das war ohne Zweifel meine Unterschrift. Wenn auch –

»Ach du heilige Scheiße!«, rutschte es mir heraus, als ich mir die Unterschrift genauer besah: Da war ein Herzchen über meinem Vornamen. Ein Herzchen über dem I! Ich keuchte erschrocken auf.

»Stimmt etwas nicht damit?«

»Doch, doch!«, versicherte ich und faltete den Brief schnell zusammen. Wenn das jemand sehen würde: Luzie Ludwig, die i-Punkte in Form eines Herzchens malte. Ich musste übergeschnappt sein!

»Vielen Dank, dass Sie direkt vorbeigekommen sind. Hier haben Sie Ihre Mitglieds-Karte zurück, und den Brief … den brauchen Sie ja jetzt nicht mehr«, sagte ich und zerriss ihn in kleine Fetzen, die ich unauffällig unter dem Tisch verschwinden ließ. Frau Schwellenbach bedankte sich noch einmal freudig. Als sie sich abwandte, rief ich ihr hinterher: »Grüßen Sie Anka von mir!« Dann schüttelte ich über mich selbst den Kopf.

Unterdessen hatte jemand meine Verwirrung ausgenutzt und mir ein Buch auf die Theke gelegt, ohne auf seine Quittung zu warten. Na, dem würde ich was erzählen! Ich ließ den Scanner über den Buchdeckel wandern, bis der Piepton ertönte. *Cornelius Brückner,* las ich den Namen des Büchereimitglieds auf dem Bildschirm und dann den Buchtitel *Anne Elliot*. Sofort klingelte es bei mir. Das war doch der Mann mit dem wippenden Gang gewesen. Derjenige, der sich freiwillig Jane Austen auslieh, um die Frauen besser zu verstehen. Anscheinend hatte ihn die Geduld sehr schnell verlassen, denn er konnte das Buch unmöglich in dieser kurzen Zeit ausgelesen haben. Aber das hatte ich nicht anders erwartet.

Sie hatte ihn gesehen! Wie sollte man auch eine Lektüre interessant finden, bei der solche schwärmerischen Sätze ausgestoßen wurden?

Mit der Hand fuhr ich über den Umschlag. Ich meinte beinahe, das Leinen durch die Schutzfolie zu fühlen. So weich, als wäre es von liebkosenden Händen glattgestrichen worden; als hielte es die Wärme fest, die andere beim Lesen empfunden haben mussten.

Der Zettel, den ich geschrieben hatte, klebte immer noch auf dem Deckblatt. Cornelius Brückner hatte sich nicht einmal die Mühe gemacht, ihn abzureißen. Nachdenklich zupfte ich das Post-it ab und wollte es schon in den Papierkorb werfen, da fiel mir der Smiley auf, der darauf prangte.

Sie haben faszinierende Augen, las ich meine eigene Handschrift. *Ich werde sicher heute Nacht davon träumen.*

Was zum Teufel hatte das zu bedeuten? Das hatte *ich* doch nicht geschrieben!

Ich besah mir die Rückseite. Und dort stand:

Danke für das Kompliment. Ich finde, Sie haben ebenfalls wunderschöne Augen. In einem Rauchgrau wie süßer Elefantenatem.

Süßer Elefantenatem! War der noch ganz dicht? Empört knallte ich den Buchdeckel zu.

Erst gegen Abend hatte ich die Zeit, genauer über diesen seltsamen Tag nachzudenken. Nicht nur über die unsinnige Mahnung, die Frau Schwellenbach bekommen hatte, oder das zweifelhafte Kompliment von Cornelius Brückner. Sondern vor allem über die Schmeichelei, die ich zu Papier gebracht hatte. Was war nur los mit mir? Hatte dieser Mann mich so gefesselt, dass ich unbewusst etwas ganz anderes geschrieben hatte, als ich eigentlich wollte?

Ich räumte den Abendbrottisch ab und sortierte das Geschirr sorgsam in die Spülmaschine. Den Teller nach vorne und das Messer in die obere Ablage mit exakt demselben Abstand zu den anderen. Mit energischen Bewegungen wischte ich die Küchentheke sauber.

Der Kerl konnte unmöglich mich gemeint haben. Na gut, ich hatte graue Augen. Aber das war sicher nur ein Zufall. Ganz abgesehen davon, dass sie nicht aussahen wie Elefantenatem. Genau genommen hatte Elefantenatem so wenig eine Farbe wie Menschenatem. Dieser Vergleich war also weder romantisch noch besonders sinnig. Was für ein Idiot!

Mit dem Küchenhandtuch rubbelte ich die Ablage trocken.

Ob er meine Augen tatsächlich schön fand?, überlegte ich und hängte das Handtuch über den Halter. Mit spitzen Fingern zog ich daran, bis die Seiten auf selber Höhe nebeneinanderhingen. Was für eine Augenfarbe hatte er eigentlich? Das Einzige, was mir in Erinnerung geblieben war, war das Grübchen neben seinem Mundwinkel. Das hatte wirklich sehr nett ausgesehen. So nett, dass man gerne einmal den Finger hineinbohren würde. Also nicht ich!, sagte ich mir schnell, aber bestimmt die Frau, die ihn liebte.

Liebe. Da war es schon wieder. Als ob es keine anderen Dinge gäbe, über die es sich lohnte, nachzudenken. Zum Beispiel, warum ich *Anne Elliot* in meine Handtasche gesteckt hatte. Das passte nicht zu mir. Und außerdem war es verboten, einfach so Bücher aus der Bücherei mitzunehmen.

Mit gemischten Gefühlen zog ich das Buch aus meiner Tasche und setze mich damit aufs Sofa. Und weil ich ohnehin nichts anderes zu tun hatte, klappte ich es auf und begann darin zu lesen.

Man versteht die Frauen nicht besser, wenn man dieses Buch gelesen hat. Man versteht sich selbst nicht mehr, hatte ich auf den Zettel geschrieben, den ich auf den Buchdeckel klebte. Ich hatte die Geschichte innerhalb weniger Stunden verschlungen. Und keinesfalls wollte ich mir eingestehen, wie sehr sie mich gefesselt hatte.

Irgendwie war ich mir sicher, dass der Mann wiederkommen würde, um es erneut auszuleihen. Als wäre es ein geheimer Briefkasten. So geheim wie die Spalte in einer Baumrinde, die man nur durch Zufall entdeckte und niemals, wenn man danach suchte.

Vor meiner Mittagspause schob ich den Band zurück ins Regal. Sollte jemand anderes das Buch vor ihm ausleihen, so würde er nicht wissen können, dass diese Nachricht von mir kam, versuchte ich, mich zu beruhigen.

Doch als ich nach einer Stunde zurückkehrte, schlug mir das Herz bis zum Hals: Die Stelle im Regal war leer.

»Wer hat *Anne Elliot* ausgeliehen?«, fragte ich Frau Klein.

Sie sah mich verwundert an. »*Anne Elliot?* Das kann ich Ihnen nicht sagen.«

»Waren denn so viele Kunden da?«

»Eine Handvoll«, wiegelte sie ab.

»Auch ein Mann um die Dreißig, etwas so groß.« Ich hielt mir die Hand über den Kopf. »Mit einem auffälligen Grübchen, wenn er lächelt?«

»Wenn er lächelt?« Frau Klein musterte mich eingehend.

Sofort bereute ich meine unbedachte Frage. »Ach, vergessen Sie's, ist nicht so wichtig!«

Schmunzelnd schenkte sie sich eine Tasse Kaffee ein. »Möchten Sie auch einen?«

»Nein, danke.« Mit einer wegwerfenden Handbewegung ließ ich mich wieder auf meinen Sitz fallen und öffnete das Schreibprogramm. Ein Herr Jacobs hatte vergessen, den neuen Dan Brown zurückzubringen. Auf meinem Desktop blinkten bereits drei Ausrufezeichen. Eine Mahnung war dringend nötig. Aber zum ersten Mal benutzte ich nicht die vorgefertigten Textbausteine. Stattdessen überflog ich seine zuletzt gelesenen Bücher und schrieb:

Dan Brown ist irre spannend. Bestimmt haben Sie das Buch bereits zu Ende gelesen. Bitte bringen Sie es schnellstmöglich zurück, damit keine Mahngebühren anfallen. Dafür wartet hier ein Buch von David Baldacci auf Sie. Ich bin sicher, es wird Ihnen gefallen. Ich verwahre es unter der Theke, damit Ihnen niemand zuvorkommt.

Ich druckte das Schreiben aus und faltete es zusammen, um es in den Briefumschlag zu stopfen. Frau Klein sollte keinesfalls sehen, was ich da geschrieben hatte. Und da ich deshalb ohnehin in die Stadt musste, konnte ich bei der Gelegenheit gleich den Kugelschreiber zurückzubringen.

Aber als ich am Laden ankam, hatte er geschlossen. Deshalb bummelte ich ziellos herum und entdeckte im Schaufenster eines Deko-Ladens wunderschöne Seidenblumen und blieb davor hängen. Noch vor wenigen Tagen hätte ich sie als albernen Firlefanz bezeichnet, aber heute erschienen sie mir sehr hübsch. Ich betrat das Geschäft und wählte eine zarte Rose in Weiß, die ich ans Revers meines Mantels heftete. Es war ein törichter Gedanke, aber ich fühlte mich gleich mädchenhafter und schlenderte mit einem Lächeln auf den Lippen über das Straßenpflaster.

Aischylos. Andersen, Hans Christian. Aristophanes. Mit dem Zeigefinger fuhr ich die Reihe A bis F der Klassiker entlang. Man hätte mal wieder Staub wischen können.

Arnim, Bettina von. Und dann Austen, Jane. Direkt neben Balzac, Honoré de und Böll, Heinrich. *Stolz und Vorurteil* war eigentlich immer verliehen. Umso mehr verwunderte es mich, dass Cornelius Brückner ausgerechnet *Anne Elliot* ausgewählt hatte. Kaum jemand las es je. Im Original hieß es Persuasion, was so viel bedeutete wie Überredungskunst. Wer wollte schon von einer Liebe lesen, die dieser Kunst bedurfte? Und der verblasste Einband von 1948 war auch nicht dazu angetan, Sehnsüchte zu wecken.

Ein leichtes Ziehen am Buchrücken, und *Anne Elliot* fiel in meine Hand. Mit einem Blick zur Ausleihe vergewisserte ich mich, dass Frau Klein immer noch damit beschäftigt war, DVDs in Schutzhüllen zu verstauen, und verschwand hinter dem nächsten Regal. Vorsichtig klappte ich den Einband auf. Nichts. Ich blätterte die ersten Seiten um, das Deckblatt, den Schmutztitel, dann schneller das ganze erste Kapitel. Ich warf die Rückseite auf, aber auch dort wurde ich nicht fündig. Immer rascher glitten die Seiten durch meine Finger, bis ich es nicht mehr aushielt, das Buch auf den Kopf stellte und kräftig schüttelte.

»Vorsicht! Der Einband ist schon ganz brüchig.«

Die Stimme ließ mich zusammenfahren. Vor Schreck riss ich das Buch in die Höhe. Dabei löste sich der Buchblock und plumpste zu Boden. Beinahe gleichzeitig bückten wir uns, aber Cornelius war schneller.

»Sind Sie immer so grob?« Er nahm mir den Einband ab und versuchte, die beiden Teile wieder ineinander zu stecken.

»Ich hatte … einen Krampf.«

»Etwa in der Hand?«

»Ja, verdammt!«

»Und ich dachte, Sie hätten etwas gesucht.« Das kleine Grübchen zeigte sich von seiner besten Seite. Jetzt verspürte ich aber so gar kein Bedürfnis, es genauer zu betrachten.

»Sie sind ganz rot im Gesicht«, bemerkte er.

»Weil ich zu schnell aufgestanden bin.«

»Leiden Sie denn an Bluthochdruck?«

Vor Verblüffung klappte mein Unterkiefer nach unten. »Ganz gewiss nicht.«

»Hier.« Er zog einen Zettel aus seiner Jeans. »Ich habe tatsächlich zehn Wörter gefunden.«

Verwundert betrachtete ich die verschiedenen Zahlenfolgen von 0 bis 9 auf dem Papier. Sein Hand streifte meinen Arm, als er sie zurückzog. Einen kurzen Moment brachte mich das aus dem Konzept. Dann drehte ich das Blatt auf den Kopf und las:

LIBELLE
LIEBE
BLEI
SIEB
BOSS
EIS
SEIL
OBI
LEISE
LOB

Was für ein Kindskopf!

»Wären Sie sieben Jahre alt, dann hätte mich das jetzt schwer beeindruckt«, sagte ich.

»Und wären Sie nicht immer so unfreundlich, dann sähen Sie richtig hübsch aus.«

Ich zog den Kuli aus meiner Hosentasche und kritzelte vier Ziffern auf sein Blatt, das ich ihm dann feierlich überreichte:

7353

Ich sah das Verstehen in seinen Augen aufblitzen, bevor ich mich abwandte und zum Schreibtisch flüchtete. Sein Gelächter in meinem Rücken. Aber nur wenige Minuten später trat er an die Theke heran und legte einen schmalen Band ab. *Der Widerspenstigen Zähmung* von William Shakespeare. Das war ganz schön frech. Nur mit Mühe unterdrückte ich ein Schmunzeln. Zumindest bis zu dem Moment, wo er zitierte: »Der Weiber Freundlichkeit, nicht schöne Augen, gewinnt mein Herz.«

Ich konnte nicht widerstehen und klebte hastig ein Post-it in das Buch. Leider hatte ich Shakespeare nicht gelesen und vermochte mit keinem Zitat zu kontern. Aber als Cornelius zum Ausgang schlenderte, sah ich am Beben seiner Schultern, dass meine Antwort auch so seine Wirkung erzielte.

Ich hatte geschrieben: *Nicht jedes Herz ist der Mühe wert, es zu gewinnen.*

Dabei war ich mir gar nicht so sicher, ob seines nicht doch wertvoll war. Schon lange hatte ich nicht mehr solche Wortspiele genossen und bebte seiner nächsten Nachricht geradezu entgegen.

Danke für Ihre Telefonnummer, las ich am darauffolgenden Tag in dem Briefchen, das ich in Shakespeares Stück fand. *Aber ich bin mir nicht sicher, ob ich das Bedürfnis verspüre, Sie anzurufen.* Cornelius stand vor mir und wippte auf den Fußballen, als wartete er auf eine Antwort.

Schnell knautschte ich den Zettel zusammen und stopfte ihn in meine Hosentasche. »Ich habe Ihnen nie meine Telefonnummer gegeben!«, fauchte ich ihn an, was mir einen entgeisterten Blick von Frau Klein einbrachte. Cornelius zuckte mit den Schultern und stieß die Tür nach draußen auf. Und wenige Sekunden später piepste mein Handy bei einer ankommenden Nachricht:

Haben Sie doch.

Völlig entsetzt starrte ich auf das Display und anschließend auf den Kugelschreiber, der vor mir auf dem Schreibtisch lag. Keinesfalls würde ich den noch einmal benutzen, schwor ich mir. Das Ding war ja unberechenbar.

Das muss ein Versehen gewesen sein, simste ich zurück.

So ähnlich wie das Versehen von Anne Elliot, als sie Captain Wentworth erst ermutigt und anschließend abgewiesen hat?

Als sie ihn abgewiesen hat, war Wentworth noch kein Kapitän, sondern ein armer Schlucker.

Aha, daher weht der Wind.

Nicht bloß Wind. Gegenwind.

Ihr Gegenwind ist nur ein laues Lüftchen, Luzie Ludwig. Andernfalls würden Sie mich nicht immer so anschmachten.

Da blieb mir ehrlich gesagt die Spucke weg. War der Mensch eingebildet!

Ich schmachte nicht. Niemals.

Als Antwort schickte er mir nur einen Smiley.

Haben Sie verstanden? Ich schmachte Sie nicht an, ich bin nur fasziniert davon, wie ein erwachsener Mann sich so kindisch benehmen kann.

Heißt das, dass Sie nicht mit mir ausgehen werden, weil Sie meinen, ich sei kindisch, oder weil ich auch nur ein armer Schlucker bin?

Woher soll ich wissen, ob Sie ein armer Schlucker sind? Sind Sie einer?

Würde ich sonst in eine Leihbibliothek gehen?

Manche tun das aus Überzeugung.

Dann bin ich aus Überzeugung ein armer Schlucker.

Aber ich bin nicht Anne Elliot.

Mist, verdammter. Ich hatte viel zu schnell getippt und noch schneller abgeschickt. Jetzt schwebte dieser letzte Satz von mir im Orkus, und ich betete, dass Cornelius ihn nicht so deuten würde, wie ich ihn gedacht hatte. Jedenfalls blieb er mir eine Antwort schuldig. Etwa sieben Minuten lang. Sieben Minuten, in denen ich Nägel kauend auf meinem Stuhl hin- und herrutschte und mir mein Herz bis zu den Ohren pochte. Dann kam der erlösende Piepton:

Ich komme seit drei Monaten in diese Bücherei, weil ich überzeugt davon bin, Sie zum Lächeln bringen zu können.

Mir blieb fast das Herz stehen. Drei Monate? Drei Monate, in denen ich ihn nicht einmal bemerkt hatte, weil ich zu sehr damit beschäftigt war, griesgrämig zu sein?

Dann kann ich Ihnen gratulieren. Sie haben Ihr Ziel erreicht.

Lächeln Sie etwa?

Ja.

Jetzt immer noch?

Ich lachte laut auf, als ich meine Antwort tippte: *Immer noch.*

Diesmal musste ich nicht sieben Minuten warten. Diesmal kam die Antwort nach wenigen Sekunden:

Wir treffen uns am Freitag auf dem Weihnachtsmarkt. 18.00 Uhr.

Welches Wesen auch immer in diesem Moment meinen Geist übernommen hatte, es zeigte jedenfalls kein Zeichen von Widerspenstigkeit, denn ich schickte ihm auch einen Smiley.

Am Freitagnachmittag brachte ich den Kugelschreiber in den Laden zurück. Die Verkäuferin trug diesmal eine Brille mit kobaltblauem Gestell.

»Den habe ich aus Versehen eingesteckt«, erklärte ich ihr.

»Das macht doch nichts. Hast du ihn benutzt?« Sie sah mich erwartungsvoll an.

»Ein paar Mal«, gestand ich.

Sie presste die Lippen zusammen, als hätte die Antwort sie enttäuscht. »Wenn du willst, kannst du ihn noch einige Tage behalten.«

Ich fand die Frage doch ein wenig merkwürdig. Schließlich ging es hier um einen Kuli und nicht um ein Buch oder den neuesten Blockbuster auf DVD.

»Ich benötige ihn nicht mehr.«

»Brauchst du denn sonst noch etwas? Ein paar neue Notizblöcke zum Beispiel? Wir haben welche mit Christbaumkugeln und Glöckchen drauf.«

Ich überlegte nur kurz, dann lächelte ich. »Nein, danke.«

Wieder zurück in meiner Wohnung fiel mir auf, wie kahl sie im Gegensatz zu diesem Geschäft aussah. Keine Weihnachtsdeko und nicht einmal eine Kerze. Mein Blick schweifte zum Fenster, wo der Schnee gegen die Scheibe geweht wurde und zu dicken Tropfen schmolz. Cornelius besaß sicher eine Menge Weihnachtsdeko. Ich stellte mir vor, wie er gerade einen Engelschor auf der Fensterbank arrangierte. Bestimmt würde er dabei lauthals singen und den Chor dirigieren. Verwundert schüttelte ich den Kopf. Er brachte mich sogar zum lächeln, wenn ich nur an ihn dachte.

Ich holte das Wichtelgeschenk aus dem Schlafzimmer und packte die große Schneekugel aus. Die weißen Flocken sanken langsam zu Boden. Eigentlich war sie sehr hübsch. In der Mitte stand ein dicker Schneemann zwischen drei Tannen. Daneben die Figur einer Schrumpelhexe. Eine seltsame Kombination, vor allem, da die Hexe eine auffällig rote Brille trug. Ich schüttelte die Kugel, und die Flocken wirbelten um die beiden Gestalten wie ein Schwarm kleiner Fische. Ich stellte sie auf der Fensterbank ab und überlegte, was ich stattdessen zum Schrottwichteln nehmen könnte. Notizbücher besaß ich in rauer Menge. Rote, blaue, grüne, gelbe stapelten sich in meiner Küche. Und ohne weiter darüber nachzudenken, nahm ich sie und wickelte sie in das Geschenkpapier.

Als ich wieder nach draußen trat, pfiff mir der Wind um die Ohren, und Schneeflocken setzten sich auf meine Wimpern. Bis ich den Weihnachtsmarkt erreicht hatte, waren meine Finger steifgefroren. Es war gar nicht so leicht, damit auf der Handytastatur zu tippen.

Wo finde ich Sie?, schrieb ich an Cornelius, und die Antwort folgte nur wenige Sekunden später.

Am Glühweinstand, wo sonst?

Natürlich gab es nicht nur einen Glühweinstand. Es gab etliche. In Trauben standen die Menschen davor und schwatzten. Musik dudelte aus einer Anlage und der Duft von Zimt und Gewürznelken vermischte sich mit dem von feuchtem Hund und Räucherstäbchen.

Trotzdem sah ich ihn schon von Weitem, erkannte ihn an seinem typischen Wippen. Er trat auf der Stelle, um sich zu wärmen, seine Hände umklammerten eine Tasse, aus der Dampf aufstieg. Und mir kamen die Sätze von *Anne Elliot* in den Sinn:

Sie hatte ihn gesehen! Sie hatten sich getroffen! Sie waren wieder in einem Raum beisammen gewesen!

Und in diesem Augenblick fand ich das gar nicht mehr so albern.

Über die Autorinnen

Adriana Popescu, 1980 in München geboren, arbeitete als Drehbuchautorin für das Deutsche Fernsehen, bevor sie als freie Autorin für verschiedene Zeitungen, Zeitschriften, Online-Portale und City-Blogs schrieb. Wenn Adriana Popescu nicht schreibt, widmet sie sich der Fotografie oder singt (viel zu laut und falsch) Lieder im Radio mit. Ihre als E-Books selbstverlegten Romane »Versehentlich verliebt« und »5 Tage Liebe« sind große Überraschungserfolge. »Lieblingsmomente« ist ihr erster bei Piper verlegter Roman.

www.adriana-popescu.de

Katrin Koppold, Jahrgang 1976, arbeitete nach ihrer Schulzeit als Journalistin, Fitnesstrainerin, TV-Darstellerin und Pferdepflege-rin auf einem Gestüt in Irland, bevor sie sich dazu entschloss, sesshaft zu werden. Heute unterrichtet sie Deutsch und Sport an einer Realschule und wohnt mit ihrer Familie und ihren zwei Katzen bei München.

Nach »Aussicht auf Sternschnuppen« ist im Sommer 2013 mit »Zeit für Eisblumen« der zweite Band ihrer vierbändigen Reihe rund um die Familie Baum erschienen.

www.katrinkoppold.de

Seit ihrer Kindheit liebt **Ivonne Keller** das Spiel mit der Sprache. Aufgewachsen in einem hessischen Dorf, begeisterte sie sich bereits in der Schule für englischsprachige Literatur und lernte später während eines Auslandsstudiums im andalusischen Granada Spanisch. Die Faszination für Sprache, gekoppelt mit dem Interesse für alles Menschliche, führte sie neben ihrer Arbeit als Personalerin zum Schreiben. Dabei interessiert es sie besonders, was mit Menschen passiert, die kurz davor sind, auszuflippen. Wenn das Leben so anstrengend wird, dass die Fassade bröckelt und man auf das schauen kann, was dahinter liegt. Meist sind Frauen ihre Hauptfiguren - so wie in ihrem ersten Roman »Hirngespenster«. Sie lebt mit ihrem Mann, drei Söhnen und einer bunten Katze in der Nähe von Frankfurt am Main.

www.ivonne-keller.de

Geboren in den bunten 70ern, bevorzugt **Katelyn Faith** seit Jahren die Farbe Schwarz. Sie liebt London - für sie die schönste, aufregendste und erotischste Stadt der Welt - und kann auch mal einen ganzen Tag träumend ihren Fantasien nachhängen. Wenn sie nicht gerade schreibt, liest sie gern oder versucht, ihre Kochkünste zu verbessern (allerdings mit mäßigem Erfolg).
Unter anderen Namen sind bereits mehrere Romane und Kurzgeschichtensammlungen von ihr erschienen. Als Katelyn Faith schreibt sie moderne Liebesromane mit kribbelnder Erotik, atemloser Spannung und aufregenden Protagonisten.

www.katelynfaith.de

Nikola Hotel wurde 1978 als jüngste von zwei Töchtern in Bonn geboren. In ihrer Jugend streifte sie viel durch den Wald, staute Bäche, eroberte Dachsbauten und flüchtete vor Wildschweinen. Bereits als Schülerin begann Nikola Hotel, Romane zu schreiben. Heute lebt sie mit ihrem Mann und den drei gemeinsamen Söhnen in Hennef. Neben dem Schrei-

ben gehört ihre ganze Leidenschaft der Musik von Rachmaninov.
2013 erreichte Nikola Hotel mit ihrer Fantasy-Romance »Rabenblut drängt« den 3. Platz beim Autoren@Leipzig Award der Leipziger Buchmesse. Mit »Fernsehköche küsst man nicht« ist im Sommer 2013 ihre erste Liebeskomödie erschienen.

www.nikolahotel.com

Adriana Popescu

5 Tage Liebe

Roman

Jonas Fuchs – charmant und etwas schräg – ist Dauersingle. Die Sache mit der Liebe? Hat er längst aufgegeben. Bis er für den Junggesellenabschied seines besten Freundes die Stripperin Maya engagiert – und sich Hals über Kopf in sie verknallt.
Die Liebe zur bezaubernd frechen Maya hat jedoch einen Haken: Gegen Bezahlung tanzt Maya nicht nur für Männer. Sie schläft auch mit ihnen. Und sie ist überzeugt – wirklich große Liebesgeschichten enden nach 5 Tagen. Jonas setzt alles daran, Maya das Gegenteil zu beweisen. Doch dann kommt der 6. Tag …

»Eine ehrliche, berührende, durch und durch romantische Geschichte über die wahre Liebe und das echte Leben.«

Katrin Koppold

Aussicht auf Sternschnuppen

Roman

Helga fällt aus allen Wolken, denn ihr Freund scheint sie mit einer heißblütigen Italienerin zu betrügen. Die-sen Kerl wollte sie heiraten und mindestens vier Kinder mit ihm haben? Hals über Kopf folgt Helga Giuseppe gen Süden – ohne Gepäck, dafür aber mit einem unerwarteten Begleiter:
Nils. Schauspieler, Kettenraucher und bald mehr als eine zufällige Reisebekanntschaft …

»Eine schöne und warmherzig Geschichte mit großer Liebe zu Italien, dem Leben und den Menschen.«

Ivonne Keller

Hirngespenster

Roman

Drei Frauen. Silvie, ihre Schwester Anna und Sabina.
Ein Unfall, der ihr Leben verändert.
Während Silvie vor der Entscheidung für ihren Liebhaber Jens und gegen ihren Mann Johannes steht, kämpft ihre Schwester Anna um ihren Verstand. Nur mit Pillen schafft sie es, den Alltag mit ihren drei Kindern einigermaßen zu überstehen. Silvie ist hin- und hergerissen: Soll sie Anna beistehen oder sich um ihr eigenes Glück kümmern? Das Schicksal kommt ihr zuvor und reißt sie mitten aus dem Leben. Als sie zu sich kommt, ist nichts mehr, wie es war. Warum kümmert sich Sabina, die Jugendliebe ihres Mannes Johannes, so liebevoll um sie? Warum kommen ihre Schwester Anna oder ihre Eltern niemals zu Besuch? Ist Anna etwa tot? Oder im Gefängnis? Und was ist aus Jens geworden?

»Ein Psychodrama so intensiv wie verstörend, so spannend wie gefühlsgeladen - mit einem Ende, das einen mit offenem Mund zurücklässt.«

Katelyn Faith

Gefährliche Verlockung

Roman

Reich, unverschämt und unverschämt gut aussehend – dieser Mann ist Gift. Emmas Herz bleibt beinahe stehen, als sie auf einer Auktion das lange verschollene Halsband ihrer Urgroßmutter sieht. Sie muss es haben! Doch frecherweise wird sie von jemandem überboten, dem Geld völlig egal zu sein scheint. Und wer hat ihr das Andenken vor der Nase weggeschnappt? Ausgerechnet Jason Hall, ihr ehemaliger Highschool-Schwarm. Leider sieht Jason noch immer so gut aus wie damals, und zu Emmas Entsetzen macht er ihr ein unmoralisches Angebot, wie sie das Schmuckstück zurückerobern kann. Emma weiß: Wenn sie bei Verstand bleiben will, sollte sie sich besser von Jason fernhalten. Aber kann sie etwas gegen seine Anziehungskraft ausrichten? Sexy, quirlig, unwiderstehlich: der berauschende E-Book-Erfolg von Katelyn Faith.

»Sexy, quirlig, unwiderstehlich: der berauschende E-Book-Erfolg von Katelyn Faith.«

Nikola Hotel

Fernsehköche küsst man nicht

Roman

Ausgerechnet dem berühmten und äußerst attraktiven Fernsehkoch Raphael Richter bricht die junge Anästhesistin Jo während der Narkose einen Schneidezahn ab. Zu dumm, dass sie mit ihren Versuchen, sich zu entschuldigen, alles nur noch schlimmer macht. Als sie dann erfährt, dass ihre Klinik das alljährliche Betriebsfest in Raphaels Restaurant feiert, ist sie davon überzeugt, dass er ihr bei dieser Gelegenheit den ganzen Ärger heimzahlen wird. Doch was Jo nicht ahnt: Raphael kocht nicht nur exzellent, sondern auch vor Leidenschaft.

»Eine spritzige, herrlich erfrischende und unglaublich komische Liebesgeschichte.«

2862487R00095

Printed in Germany
by Amazon Distribution
GmbH, Leipzig